Renate Klöppel

Der Pass

Renate Klöppel

# Der Pass

Roman

Rotbuch Verlag

Die Deutsche Bibliothek – CIP-Einheitsaufnahme

Ein Titeldatensatz für diese Publikation ist bei
Der Deutschen Bibliothek erhältlich


Umschlaggestaltung: Projekt®/Philipp Starke
unter Verwendung einer Fotografie von Masaaki Kazama/Photonica
Herstellung: Das Herstellungsbüro, Hamburg
Gesetzt aus der Sabon
Druck: Freiburger Graphische Betriebe
Printed in Germany

ISBN 3-434-53098-3

Informationen zu unseren Verlagsprogrammen finden Sie
im Internet unter www.rotbuch.de

# 1

Im ersten Moment war ich mir sicher, dass ich sie schon einmal gesehen hatte. Früher, vor langer Zeit. Die glatten, roten Haare über ihren schmalen Schultern, die Sommersprossen im blassen Gesicht, die langen, schlanken Beine in den engen Hosen, den schmächtigen Körper, die Art, wie sie manchmal die Oberlippe beim Sprechen kräuselte. Sie war Mitte Zwanzig, vielleicht auch etwas jünger. Vor langer Zeit? Damals hätte sie noch ein Kind sein müssen. Aber ich kannte sie. Ich glaubte zumindest sie zu kennen.

Sie beachtete mich nicht.

Die junge Frau wartete vor mir auf dem Münchner Flughafen am Abflugschalter der Condor. Den Mann neben ihr hatte ich noch nie gesehen. Er mochte an die dreißig Jahre älter sein als sie. Ihr Vater? Ihr Freund? Wie sie miteinander umgingen, war beides möglich. »Mädchen«, sagte er zu ihr. Als ich an die Reihe kam und mein Gepäck auf die Waage stellte, verlor ich beide aus den Augen.

Ich verließ noch einmal das Flughafengebäude und trat hinaus in den trüben Märznachmittag. Ein ununterbrochener Strom von Autos fuhr vor. Immer wieder dasselbe: Anhalten, Koffer ausladen, Abschied nehmen. Immer wieder die gleichen Gesten, die gleichen Worte, hundertfach, tausendfach, nicht nur hier in München. Unvorstellbar, wie viele Menschen in aller Welt in jedem Augenblick dasselbe tun. Ich war froh, allein zu sein. Die Vorstellung, die nächsten drei Wochen mit fünf Menschen zu verbringen, die ich nie zuvor gesehen hatte, bereitete mir plötzlich Unbehagen.

Unsere Boeing 757 startete mit einer Viertelstunde Verspätung. Noch war mir alles vertraut. Das Rollen auf der Startbahn, die plötzliche Beschleunigung, der Steigflug, die Schräglage in der ersten steilen Kurve, die schwankende Tragfläche plötzlich hoch über mir. In der Tiefe verschwand die Landschaft unter grauen Wolkenfetzen. Morgen früh würde ich den Himalaja sehen. Nie zuvor in den vergangenen achtundvierzig Jahren meines Lebens hatte ich Europa verlassen. Ein merkwürdiges Gefühl, in elf oder zwölf Stunden in Katmandu zu sein.

Der Mann neben mir kannte alles schon. Er flog zum sechsten Mal nach Nepal. Und meine Tour, rund um die Annapurna, um dieses Bergmassiv aus eisstarrenden Sieben- und Achttausendern: schon längst gemacht. Kein Problem. Auch die Höhe von fast fünfeinhalbtausend Metern am Thorong-Pass. Alles kein Problem. Für ihn zumindest. Meinte er. Auch den Kilimandscharo hatte er schon bestiegen. Auch kein Problem, wenn man trainiert ist.

Ich schloss die Augen und versuchte zu schlafen, aber die Stewardess mischte sich mit dem Abendessen in meine Phantasien. Mein Nachbar redete:

»Alles kein Problem.«

Doch ich machte mir Sorgen, was mir alles zustoßen könnte. Immerhin würde der Mann neben mir in ein paar Stunden wieder aus meinem Leben verschwinden. Aber wer oder was kam dann auf mich zu?

Die Rothaarige ging mir nicht aus dem Sinn. –

Die Nacht im Flugzeug verging schneller, als ich befürchtet hatte. Irgendwann sah ich flimmernde Lichtinseln in der Schwärze unter uns: Landeanflug auf Sharjah in den Vereinigten Emiraten. Dumpfe Hitze beim

Verlassen des Flugzeugs. Frauen mit Kopftuch unter der Uniformmütze bei der Passkontrolle. Dann wieder Start, das Übliche. Ich nahm die Bierdose, die ich nach dem Abendessen in das Netz an der Rücklehne des Vordersitzes gesteckt hatte. Das Bier war warm und abgestanden. Ich trank es und schloss wieder die Augen. Noch dreieinhalb Stunden bis Katmandu.

Ich gebe zu, nichts anderes als Jon Krakauers Buch »In eisige Höhen« hat mich bewogen, nach Nepal zu fliegen. Und es war nichts anderes als ein Zufall, dass mir gerade jetzt dieses Buch in die Hände gefallen war. Ich wollte weg, möglichst weit, suchte Abstand zu dem, was vorher war, suchte den Neuanfang nach dem Ende dessen, wofür ich die letzten Jahre gelebt hatte. Da schien Nepal gerade recht. Wäre dieses Buch nicht gewesen, ich hätte genauso gut in irgendein anderes Land der Erde reisen können. Dann wäre mir Sarah wahrscheinlich nie begegnet.

Es ist gut, dass man nie im Voraus weiß, was einem bevorsteht. Hätte ich auch nur eine blasse Ahnung davon gehabt, was mich erwartete, ich wäre nicht nach Nepal geflogen. Aber nicht an den Schwierigkeiten der Tour, nicht an den Anstrengungen, nicht an der großen Höhe sollte ich scheitern. Es war etwas ganz anderes als das, was ich gefürchtet hatte. Meine eigene Vergangenheit war es, die sich mir in den Weg stellte als Hürde, die schwerer zu überwinden war als die Berge.

Irgendwann schlief ich ein.

»Der Himalaja!« Mein Nachbar weckte mich. Tatsächlich leuchteten im Norden die schneebedeckten Gipfel wie gewaltige schwebende Kristalle über Dunst und Wolken des Tieflands, eisige Zinnen über einem grauen Meer mit weißen Schaumkronen.

»In einer Stunde sind wir in Katmandu«, meinte der Mann, der schon alles kannte. Er sollte sich irren.

Die Himalajakette rückte näher, unter uns jetzt keine Wolken mehr, nur die schmutzig grauen Ausdünstungen der indischen Tiefebene. Das Land war nicht zu sehen. Wir flogen weiter nach Osten. Die Berge kamen nun nicht mehr näher, stattdessen immer neue Gipfel im Nordosten. Irgendwo dort, noch ferner als unser Ziel, musste der Mount Everest sein, Chomolungma, wie die Sherpa sagen, die Muttergöttin der Welt.

»Wenn der Dunst es zulässt, werden wir in zwanzig Minuten in Katmandu landen.« Unser Flugkapitän klang optimistisch. »Wir haben soeben die Landeerlaubnis bekommen.«

Unter uns das Tal von Katmandu. Immer noch Dunst, dicht und schleimig, darunter das Land graubraun, manchmal auch rötlich. Wir verloren rasch an Höhe. Jetzt rote Flecken am Boden, wie bunte Fußballfelder, in der Mitte Häuser und hohe Schornsteine, daneben Stapel von Backsteinen. Zwischen den Ziegelfabriken rote Wege wie Flüsse aus Zinnober, aber alles schemenhaft unter einem grauen Schleier. Das Flugzeug weiter im Sinkflug, unruhig und mit wippenden Tragflächen, in der Tiefe immer neue Häuser im grauen Dampf. Wir flogen kaum mehr hundert Meter über dem Boden, ein Rollfeld war nicht zu sehen.

Der Lautsprecher knackte wieder: »Wir werden jetzt unser Glück versuchen.«

Ausnahmsweise machte ich mir keine Sorgen. Eigentlich war ich nicht einmal gespannt auf das, was jetzt kommen würde. Es war nicht meine erste Landung und nie hatte es Schwierigkeiten gegeben. Man entwickelt ein trügerisches Sicherheitsgefühl, wenn man eine kritische Situation oft genug problemlos überstanden hat.

Plötzlich wieder Vollgas mit heulenden Turbinen. Ich spürte die Beschleunigung wie eine Faust im Magen. Der steile Steigflug presste mich in den Sitz und stauchte mich zusammen. Einen Augenblick war ich benommen.

»Wir starten durch.« Mein Nachbar war sofort im Bilde.

Rasend schnell rückte die Erde wieder fern, der wir uns eben so langsam genähert hatten. Dann waren wir wieder hoch oben.

Die nächsten zwei Stunden dehnten sich in schier endlosen Warteschleifen. Himalaja mal rechts, mal links. Mein Nachbar war überzeugt, im Nordosten die Silhouette des Mount Everest zu erkennen. Unter uns ragten grüne Bergrücken mit Terrassenfeldern aus dem Dunst. Zwischen den Feldern gewaltige Erdrutsche wie hässlich klaffende Wunden, unbezähmbares Chaos, das die jahrhundertealte Ordnung vernichtet hatte. Noch ahnte ich nichts von den ihnen innewohnenden tödlichen Gefahren.

Der Mann neben mir redete, wie immer über sich selbst. Erfolgreicher Unternehmer seit zwanzig Jahren, trotz aller Krisen, und immer vorneweg in der Branche. Im vergangenen Herbst der Gang an die Börse. Wurde auch Zeit, meinte er. Jetzt achtzig Mitarbeiter, alle erste Sahne. Wer nichts bringt, hat bei ihm nichts verloren. Ich schwieg und blickte auf die leuchtenden Gipfel.

Was habe ich, die gescheiterte Herausgeberin einer regionalen Kulturzeitschrift, diesem selbstgefälligen Pfau entgegenzusetzen? Mit der Pleite meiner Zeitschrift hatte sich in nichts aufgelöst, wofür ich – endlich einmal auf meine eigenen Fähigkeiten vertrauend – mein Leben in Überfluss und Sicherheit an der Seite eines erfolgreichen Mannes aufgegeben habe. Gut zwei Jahre hatte ich mit meinen zwei Mitarbeiterinnen vielleicht die beste regionale Kulturzeitschrift Deutschlands gemacht. Das Problem war nur, dass sie nicht gebraucht wurde. Ja, was wir gemacht hatten, war sehr gut und noch heute bin ich stolz darauf. ›Die Zeit‹ hatte uns einen langen, lobenden Artikel gewidmet, ein einsames Highlight in meiner Karriere als Herausgeberin und eine der wenigen Begebenheiten in meinem Leben, wo meine Leistung ausdrücklich anerkannt wurde. Aber da war das Ende schon abzusehen. Unsere Zeitschrift war nicht gut genug, um zu überleben, oder die Menschen, für die wir sie gemacht hatten, waren nicht gut genug für das, was wir gemacht hatten. Wir waren überflüssig, fehl am Platze. Unser Werk war unnützer Auswurf von ein paar größenwahnsinnigen Intellektuellen im Kampf gegen die Windmühlenflügel der Kulturlosigkeit.

Die Kartons mit unseren meisterhaften Blättern standen an Tankstellen, an Kiosken, in Supermärkten. Selbst beim Bäcker konnte man unsere Hefte kaufen. Wir haben sie selbst hingebracht. Am Ende des Monats haben wir die vollen Kartons wieder abgeholt. Jeden Monat dasselbe.

In der ersten Zeit hatte ich, kaum dass wir die Hefte verteilt hatten, angefangen, mich nach den Verkaufszahlen zu erkundigen. Irgendwann ließ ich es bleiben. Es hatte sich aufgebraucht, das Warten, das Bangen, die Unruhe. Selbst meine Angst vor dem Scheitern zerrann, ebenso wie die Hoffnung auf Erfolg. Die ständige Enttäuschung hatte mich abgestumpft. Ich erwartete keine Überraschung mehr. Die Verkaufszahlen nahm ich schließlich nur noch bei der Abrechnung zur Kenntnis, routinemäßig, und in den letzten Monaten sah ich sie mir gar nicht mehr an. Irgendwann hatte ich mich mit dem Ende abgefunden. Kein Gedanke ist so schrecklich, dass man sich nicht daran gewöhnt, und im Vergleich mit dem, was einem zustoßen kann, war mein Unglück geradezu banal.

Im Grunde genommen wusste ich lange, bevor ich es

mir eingestand – weil es nicht mehr zu verheimlichen war –, dass ich auf dem falschen Weg war, dass das, was ich begonnen hatte, niemals und unter keinen Umständen zum Erfolg führen würde. Aber einen Fehler einzuräumen war nicht meine Art. Also investierte ich in ein Abbruchhaus, Monat für Monat, und das nicht zum ersten Mal in meinem Leben.

Danach die große Leere ohne Beruf, ohne Mann. Immerhin habe ich heute keine Schulden mehr. Hätte mein kinderloser Onkel in München nicht zwei Monate früher sterben können oder sein baldiges Ende wenigstens ankündigen? Vielleicht hätte unsere Zeitung dank meines Erbteils doch überlebt? Aber nein. Und überhaupt: Ich bin auch jetzt noch froh, dass das unaufhaltsame Sterben vorbei ist.

Endlich der zweite Landeversuch. Immer noch Dunst über der Ebene, aber in der Tiefe huschte jetzt der Schatten unseres Flugzeugs im Sonnenlicht, wurde größer, immer noch größer, flatterte über Wege und Häuser, war uns endlich ganz nah. Dieses Mal hatte ich Angst. Im nächsten Augenblick das Rollfeld unter uns, der vertraute Stoß, das Bremsen, das mich vornüber zog. Wir waren unten. Die meisten Passagiere klatschten. Wahrscheinlich hätte sich keine Hand gerührt, wenn wir vor zwei Stunden gelandet wären.

## 2

In der Flughafenhalle sah ich sie wieder. Sie kramte in ihrem Rucksack und ihre Haare hingen wie ein roter Wasserfall über ihr Gesicht. Woher kannte ich diese Frau nur? Ich überlegte, aber vergeblich. Als ich endlich mein Gepäck vom Transportband nahm, hatte sie längst das Gebäude verlassen.

Draußen gelbe Sonne, Staub, Dreck und Menschen, die sich an mich drängten. Schmutzige Jungen in zerlumpten Kleidern rissen an meinem Gepäck, wollten mir helfen für ein paar Rupien. Ich versuchte sie abzuwehren, wusste ich doch selbst nicht, wohin mit meinem Rucksack, dem Koffer und dem riesigen grünen Trekkingsack. Andere Jungen bettelten. Ein Mann, klein und zierlich wie ein Kind, fragte nach Zahnbürsten. Menschen, wohin man sah, Menschen, wohin man trat, Menschen wie Fliegen. Ein paar Nepali verteilten die verwirrten Touristen auf die alten, verbeulten Busse vor dem Flughafen. Die Kinder jagten sie fort wie lästiges Ungeziefer.

Endlich saß ich auf dem zerschlissenen Polster des nobelsten der Busse. Vor mir hockten die Rothaarige und ihr Begleiter mit ihren Rucksäcken auf dem Schoß. Noch hatten wir kein Wort miteinander gesprochen.

Die Fahrt zum Hotel: Wieder Menschen überall. Menschen wie Ameisen vor den Häusern, auf den Plätzen. Menschen auf den Straßen, dazwischen Hunde, manchmal eine schwarze Kuh. Sonst Menschen zu Fuß, Menschen auf Fahrrädern, Menschen auf Motorrädern, zu zweit, zu dritt, einmal sogar zu viert. Menschen in stinkenden, hupenden Autos. Vor allem das Hupen! Nur wenige Busse. Was mich sonst noch erstaunte: Die Anmut und Schönheit der Frauen, die geschmackvollen, farbenfrohen Gewänder.

Später saßen wir im Hotel an einem mächtigen Holztisch auf schweren Stühlen, erfuhren, was uns bei der Tour alles zustoßen konnte, und tranken scharfen Reisschnaps aus Keramikschälchen. Die Gruppe: ein Ehepaar, Mitte Fünfzig, offenbar aus dem Ruhrgebiet. Eine Alleinreisende, etwa so alt wie ich, aus Freiburg. (Wirke ich auch so humorlos und hektisch?) Dann die Rothaarige – sie gehört tatsächlich zu meiner Gruppe! – und ihr Begleiter, übrigens ihr Vater. Ich muss eingestehen, dass ich enttäuscht war. Roswitha, meine Altersgenossin, mit der ich unterwegs das Zimmer teilen würde, war mir nicht sonderlich sympathisch. Die anderen vier kamen schon im Zweierpack, ich würde mich bei ihnen wie das fünfte Rad am Wagen fühlen. Und überhaupt: nur zwei Männer in der Gruppe. Das hatte ich mir anders vorgestellt.

Was erhoffte ich mir eigentlich von meinen Mitreisenden? Einen Weg aus der Perspektivlosigkeit nach der Niederlage? Einen Neuanfang nach dem Debakel? Vielleicht sogar einen neuen Partner? Solange es mit meiner Zeitschrift bergauf gegangen war, hatte ich mich stark gefühlt wie kaum jemals zuvor. Ich hatte meinen Elan genossen, mein neues Selbstbewusstsein, meine Unabhängigkeit. Es war wie ein Rausch gewesen, nach Boden unter den Füßen hatte ich nicht gefragt. Meine Ehe hatte ich abgestreift wie einen alten schäbigen Mantel, wie Kleider, aus denen ich herausgewachsen war. Und nun die Leere. Die Tatenlosigkeit, ohne Ziel, ohne Plan. Das Alleinsein plötzlich quälend. Also Suche nach neuer Abhängigkeit? Der Weg zurück zu dem, was ich früher einmal gern hinter mir gelassen hatte? Wohl kaum.

Der Rest des Tages war zur freien Verfügung. Ich bestellte – allein – an der Rezeption ein Taxi und ließ mich in die Altstadt von Katmandu fahren. Hier hautnah die Armut. Der Schmutz. Die vielen Menschen. Spielende Kinder auf einem Hinterhof, nackt unter den zerlumpten Pullovern, daneben eine tote Ratte. Ich blieb stehen, obwohl sie nun innehielten in ihrem Spiel, mich ihrerseits anstarrten, skeptisch und ohne Lächeln. Was hatte ich hier zu suchen?

Ich ging weiter. Überall Heiligtümer, großartige Kunstwerke, viele schwarz verkrustet vom Fett der Butterlampen. Ein Hund schlich um mich herum, sein Körper voller Geschwüre, ohne Fell auf der grauen, verkrusteten Haut. Mich packte tiefer Ekel. Und wieder anmutige Frauen in leuchtenden Gewändern, die hier in großen Blechschüsseln auf den Plätzen bunte Tücher wuschen. Dunkle, geheimnisvolle Schönheiten, lächelnd mit Zähnen wie weiße Perlen. Ich fühlte mich hässlich und tollpatschig, ein Elefant unter Gazellen. In den Hauseingängen die Alten, die Zahnlosen, die Behinderten. Heilige Männer vor den Tempeln, manche fast nackt, den Körper mit Asche eingerieben. Ich schämte mich meiner Neugierde. Einer dieser Sadhus wollte fotografiert werden, für ein paar Rupien. Ich gab ihm einen von den speckigen Lappen, Eintrittspreis für Gaffer wie mich im Menschenzoo. Überall Bilder von unbeschreiblicher Eindringlichkeit. Das Wesentliche, das, was mich wirklich berührte, lässt sich nicht durch Worte vermitteln.

Ich stieg wieder in ein schäbiges Taxi – die Tür ließ sich nur mit einem Draht schließen – und fuhr die paar Kilometer zu den Heiligtümern von Pashupatinath. Dort stand ich am Ufer des heiligen Flusses Bagmati und blickte in die schwarze, stinkende Brühe. Inseln von schwarzem Schlamm lösten sich vom Boden und trieben als gärende, brodelnde Fäulnisblasen in großen Flecken an die Oberfläche. Vor mir qualmende Holzstöße, Scheiterhaufen, einer neben dem anderen, darauf die Toten. Grausiges Ende des Daseins als Mensch. Verkohlte Füße unter dem Stroh und Reisig, deren graue Asche die Blöße der Toten bedeckte, wenn das Leichentuch in Flammen aufgegangen war. Vor mir plötzlich wieder das Bild der Rothaarigen mit der Ahnung einer Erinnerung an Tod und Versagen, Angst, Schuld und Scham. Von den Scheiterhaufen wehte der Gestank von verbranntem Fleisch herüber. Krähen hackten an einem toten Hund, den niemand bestattete. Ich wendete mich mit Grauen ab.

Auf dem dunklen Wasser des Bagmati trieb verkohltes Holz in einem Meer von Blüten in leuchtendem Gelb.

# 3

Erst beim Abendessen trafen wir uns wieder. Ich kam, als die anderen – bis auf die Rothaarige – schon versammelt waren. Die erwartungsvollen Blicke, die unverhohlene Neugierde, das Taxieren, als ich mich setzte. Heute Vormittag hatte ich kaum mehr als meinen Namen gesagt. Ob sie mich für arrogant hielten? Elfi, die Betriebsnudel aus Herne, redete, ich taxierte meinerseits. Ihr Mann, »der Jürgen«, wie sie zu sagen pflegte: ein riesenhafter Mensch mit einem Kindergesicht unter grauen, buschigen Augenbrauen. Jürgen saß da, mit aufgesetzten Ellenbogen tief über die Tischplatte gebeugt, und wartete auf das Essen. »Ich sag mal so«, hob er an, doch Elfi war schneller, redete von »dem Jürgen«, von dem tüchtigen Sohn, der langweiligen Tochter und Jürgen, der Hüne, schwieg, saß blicklos daneben, ein Rübezahl mit wilden grauen Haaren und einem weißen Bart, der bis zur Brust reichte.

Wir anderen schwiegen ebenfalls und ließen Elfi reden. Was mich faszinierte, war ihre Mimik, die heftigen Bewegungen ihres Mundes – mal spitz, mal rund, dann wieder breit und schmal oder eckig, ein pausenloses Fälteln und Glätten – und die ihrer Wangen, das fortwährende Beben und Wogen unter Augen, die nie zur Ruhe kamen, sondern hin und her huschten mit einem Strahlen, das mir kalt und unecht schien.

Das Erste, was mir auffiel an Rainer (so hieß der Vater der Rothaarigen), etwas, was meine Aufmerksamkeit mehr anzog als jene Äußerlichkeiten, die ich zwar bemerkte, die aber keine Bedeutung hatten, war seine warme Stimme.

Ich aß die Lauchsuppe, die uns gebracht wurde. Rainer löffelte neben mir, die Schultern nach vorn gebeugt, den Kopf gesenkt, was an seiner Größe liegen mochte. Auch er wie Jürgen eher ein weicher Typ. Seine muskulösen Unterarme fielen mir auf, ein seltsamer Kontrast zu seiner Haltung.

Dann endlich kam sie, seine Tochter Sarah, an den Tisch, schlaksig mit ihren langen Gliedern, ohne Entschuldigung für ihr Zuspätkommen, ohne Spur eines schlechten Gewissens für die Sorgen, die sich ihr Vater gemacht haben musste. Sie kam direkt aus Katmandus Altstadt, ein Nepali hatte sie geführt, nicht nur zu den Palästen und Heiligtümern, auch zu seiner Wohnung mit der hübschen Frau und den drei kleinen Kindern. Sarah war begeistert, wollte am liebsten hier bleiben. Maila, so hatte sich ihr Führer genannt, habe Verwandte in den Bergen, dort wolle sie hin, nicht mit einer Gruppe um die Annapurna marschieren.

»Ich denke, du solltest lieber mit uns gehen«, war alles, was ihr Vater sagte. Sarah saß mit Schmollmund, die wassergrauen Augen sehnsuchtsvoll in die Ferne gerichtet, und schwieg.

Elfi verlegte sich aufs Fragen, aufs Sortieren in wichtig und unwichtig, in interessant und uninteressant. Rainer war Arzt, wie sich herausstellte, also in Elfis Augen den wichtigen Menschen zuzurechnen. Seine Tochter, so erfuhren wir, studierte Ethnologie und Philosophie, was sie zumindest interessant, wenn auch nicht automatisch wichtig machte. Roswitha war Lehrerin.

Ich verhielt mich still und hoffte, dass niemand mich fragen würde. Was sollte ich ihnen von mir erzählen? Was wollte ich preisgeben? Nicht einmal meinen ganzen Vornamen hatte ich ihnen verraten. Ich heiße Anne, hatte ich gesagt. Das reichte, fand ich, niemand sagt ›Annegret‹ zu mir und ›Grete‹ mag ich nicht hören. Es gab eine Zeit, da war ich die Grete, aber daran will ich nicht mehr denken.

Ich sei müde und hätte keinen Hunger, sagte ich, wegen der Nacht im Flugzeug, der Zeitverschiebung. Dann ging ich hinaus, trat noch einmal in den kleinen Innenhof zu den duftenden Azaleen und lauschte dem Wind in den nachtschwarzen Bäumen hinter der hohen Backsteinmauer. Über mir der Himmel konturlos und ohne Sterne.

Als ich wieder zurückging, hörte ich durch die offene Tür des Speiseraums Elfis Gelächter. Ich blieb einen Augenblick stehen, gefasst darauf, meinen Namen zu hören, doch das, was für ihre Heiterkeit sorgte, schien nichts mit mir zu tun zu haben. Ich fühlte mich plötzlich ausgeschlossen, ausgestoßen sogar, in mein selbst gewähltes Alleinsein. Dann war es Rainers Stimme, die ich hörte. Einen Augenblick spürte ich den Impuls zurückzukehren, hatte mit einem Mal das Gefühl, etwas Wichtiges zu versäumen. Aber ich blieb stehen neben der offenen Türe, lauschte noch eine Weile, bis ich mich umwendete und ging, plötzlich wieder voller Sorgen.

Wo war die selbstbewusste, gewandte Unternehmerin in mir geblieben? Was verkroch ich mich jetzt in meinem Zimmer als ängstliche graue Maus? Mein Auftreten, mein ganzes Selbstverständnis hatte sich verändert wie die Farbe eines Chamäleons. Mit dem Niedergang meiner Zeitschrift waren mir meine Sicherheit, mein Stolz und meine Würde wieder abhanden gekommen. Ich war entmutigt, enttüchtigt, voller Selbstzweifel. Solange es aufwärts gegangen war, hatte ich vergessen, was ich davor gewesen war: eine schüchterne Kleine, die sich vor allem fürchtet. Nur für eine kurze Zeit hatte ich mich in die Kleider der selbstbewussten, erfolgreichen Frau gestohlen.

In meinem Zimmer legte ich den Reiseführer auf den Nachtschrank, zog mich langsam aus und ging zu Bett. Mit dem Buch in der Hand versuchte ich wieder, mir ein Bild von dem zu machen, was auf mich zukam. Mit einem Mal befand ich mich in völliger Finsternis: Stromausfall. Deswegen also in jedem Raum Streichhölzer und Kerzen. Roswithas Kommen hörte ich nicht mehr.

Ein paar Stunden später weckte mich das Licht der Deckenleuchte. Ich ging zum Schalter, löschte das Licht und versuchte wieder zu schlafen. Ich hatte Hunger. Noch Stunden später lag ich wach und war voller Unruhe. Dann sah ich wieder das blasse Gesicht mit den Sommersprossen vor mir und die langen roten Haare: Madeleine. Sie erinnerte mich an Madeleine. In dieser Nacht fand ich keinen Schlaf mehr. Schließlich machte die Morgendämmerung meiner nächtlichen Ruhelosigkeit ein Ende. Die Nacht in Katmandu war vergangen. Morgen Abend würden wir in den Bergen sein.

# 4

Den ganzen nächsten Tag verbrachten wir im Bus und fuhren nicht einmal zweihundert Kilometer. Jetzt waren wir alle zusammen: sechs Deutsche, unsere beiden nepalischen Bergführer, Umesh und Kazi, und die fünf Träger, freundliche junge Männer, fast Kinder noch, die nur wenig Englisch verstanden. Umesh trotz der Hitze in leuchtend rotem Fleece mit dem Emblem des Reiseveranstalters und mit Schal: seine Statussymbole.

Sarah und ihr Vater saßen hinter mir. Ich hörte ihre Stimmen, konnte aber nicht verstehen, was sie sprachen. Rainers warme Stimme. Und Sarahs Stimme? Als der Bus einmal hielt, fiel mir das leichte Lispeln auf, der etwas raue, dunkle Klang, das makellose Hochdeutsch. Sie sprach mit der Stimme von meiner Freundin Madeleine! Aber Madeleine ist tot. Vor hohen Rhododendronbüschen liegt sie begraben in der Nähe eines kleinen Seerosenweihers auf dem alten Friedhof. Eine Tote unter Toten im Familiengrab, über sich ein Meter Erde und den steinernen Engel mit der halb verwitterten Inschrift »Auf Wiedersehen«. Und ich lebe! Ich habe ihr Grab besucht, als sie schon Monate tot war, und habe unter den lila und weiß blühenden Rhododendren die Eichhörnchen gefüttert. Lange Jahre habe ich nicht mehr an das Grab auf dem alten Friedhof gedacht. Aber den Augenblick ihres Todes in der Silvesternacht vor zwanzig Jahren, fünf Minuten nach Mitternacht, habe ich nie vergessen.

Wir verließen Katmandu in Richtung Pokhara. Immer wieder Polizeikontrollen. Der Schlagbaum: ein dickes Bambusrohr mit Gummireifen als Gegengewicht. Wieder hielt der Bus an einem Kontrollpunkt. Jugendliche drängten durch die offene Tür in den Bus, Handgemenge, lautes Geschrei. Wir verstanden nichts. Als Umesh sie aus dem Bus stieß, entriss ihm einer den Schal. Die Polizei in ihrem Kontrollhäuschen griff nicht ein. Wir verstanden immer noch nichts. Dann sah ich die Jungen draußen stehen, mit Chips und Keksen in den Händen und dem Schal von Umesh. Endlich fuhren wir weiter. Ein Stein traf den Bus von hinten. Klassenkampf im Kleinen. Die Tragweite sollte sich uns erst später offenbaren. Ich verstand den Zorn der Jugendlichen, die nichts weiter wollten, als uns etwas verkaufen.

Hinter Katmandu stieg die Straße auf einen Bergrücken, danach ging es tausend Höhenmeter abwärts. Wie gut waren eigentlich die Bremsen von unserem Bus? Beim Blick zur Seite aus dem Fenster keine Straße unter mir, nur die Schlucht. Ich hatte mal wieder Angst. Dann wurde das Tal breiter. Blühende Bougainvilleen am Straßenrand. Frauen unter großen Hüten auf den Reisfeldern, Männer mit Wasserbüffeln im Joch. Ein paar Kilometer weiter überall Menschen, die Steine zu Kies zerschlugen, ein Bild, das uns lange Zeit begleitete. Sie hockten vor den armseligen Behausungen aus Bambusmatten und Reisstroh und am Fluss unter Planen und primitiven Dächern aus Stroh oder Blättern: Männer, Kinder und Frauen.

Am späten Nachmittag endlich unser Ziel: Besisahar. Hier endet die Straße, von hier geht es nur noch zu Fuß oder mit Tieren weiter, viele Tagesmärsche, bis zu den entlegenen Orten im Gebirge. Die ganze Dorfstraße wird von kleinen Läden gesäumt. Hier kann man fast alles kaufen, was in den Dörfern weiter oben benötigt wird. Schade, dass ich nichts gebrauchen konnte. Also fotografierte ich die bunten Läden. Ich fotografierte die Frauen, sanft und geduldig an ihren Spinnrädern, und Kinder in blauer Schuluniform, die am Straßenrand in ihren Büchern lasen. Ich fotografierte einen Mann an einer Nähmaschine. Allmählich gewöhnte ich mich an die Fremdartigkeit.

Auch in dieser Nacht lag ich schlaflos. Vor meinen geschlossen Augen war Madeleine leibhaftig auferstanden. Dann unvermittelt wieder das Unfassbare: ihr toter Körper auf dem Asphalt. Und ich bin davongelaufen!

Am Morgen gingen wir zwischen Terrassenfeldern, durch Dörfer, vorbei an offenen Bambushütten mit Strohdächern, Mensch und Tier unter einem Dach. Es war nicht so heiß, wie ich gefürchtet hatte.

Immer wieder bettelnde Kinder: »Pen, please, have a pen! Sweet please!« Ich verschenkte einen meiner drei Kugelschreiber.

Schon bald die erste Hängebrücke über weiß gischtenden Fluten in der Tiefe: lange Bambusstangen auf kurzen Querstreben, die mit rostigen Eisenstangen an zwei über den Fluss gespannten Drahtseilen aufgehängt waren. Was das Schlimmste war: Auf der Gegenseite stieg die Brücke steil an, die Drahtseile waren nun viel zu hoch, um sie zu fassen. Dazu das Schwanken unter unseren ungeübten Schritten. Ich klammerte mich an die senkrechten Eisenstangen, um nicht zu stürzen. Nervenkitzel für den ersten Tag – die nächsten Hängebrücken waren aus stabilen Stahlteilen.

Irgendwann die ersten hohen Berge am Horizont: Lamjung Himal, fast siebentausend Meter hoch. Viel war nicht zu sehen. Nur kurze Zeit gaben die Wolken den

Blick auf die Gipfel frei. Ich blieb am Ende der Gruppe, vor mir Sarah, unsicher und schwankend über ihren klobigen Bergschuhen. Rainer ging neben ihr.

Über Nacht blieben wir in Ngadi, erst 930 Meter hoch. Der Pass lag jetzt 4500 Meter über uns. Immer noch fehlte mir jede Vorstellung davon, was mich in der Höhe erwartete. Beim letzten Tageslicht richtete ich mich mit Roswitha für die Nacht in unserem engen Bretterverschlag ein. Es zog durch die zentimeterbreiten Ritzen zwischen den Latten ringsum, sogar die Bettlaken flatterten. Wir losten um die schmale Holzpritsche an der Innenwand. Ich hatte Glück und den angenehmeren Schlafplatz.

Zum Abendbrot gab es Nudeln mit, wie es hieß, Gemüse: ein paar Streifen Mangoldblätter, ein paar Zwiebelringe, etwas Lauch, alles zusammen in viel Fett gebraten.

Elfi redete, wie immer. Sie schimpfte über den missratenen Freund ihrer missratenen Tochter, sie lästerte über ihre Putzfrau, die redete, anstatt zu arbeiten, sie erregte sich über die Steuergelder für Deutschlands Osten. Dazu ihre Bewegungen, die huschenden Hände, der zuckende Mund. Jeder Satz wurde deklamiert, wurde zelebriert. Kein Wort ohne Dramatik, keine Aussage ohne große Geste.

Ihr Mann, »der Jürgen«, bohrte wieder die Ellenbogen in die Tischplatte, blicklos, mit offenem Mund hinter einer Flasche Tuborg-Bier, und drehte an seinem Bart. Sein Gesicht erinnerte mich an einen Karpfen.

Ich wäre gern häufiger allein gewesen. Ich brauchte Zeit für die Eindrücke, für die Atmosphäre. Wenn wir gingen, wollte ich stehen und schauen, staunen, in meine Erinnerung aufnehmen. Und wenn wir saßen, wollte ich Zeit haben für meine eigenen Gedanken. Immer redete jemand. Das meiste interessierte mich nicht. Schon jetzt:

immer wieder dasselbe. Ich mochte es nicht mehr hören. Wie sollte das weitergehen?

Gegen halb neun wieder Stromausfall. Wir gingen zu Bett. Im Bretterverschlag neben mir hörte ich Rainer und Sarah.

Rainers Stimme –

Ich verstand jedes Wort, ich konnte ihn sehen durch die breiten Ritzen hindurch im Licht von Sarahs Stirnlampe. Später hörte ich Rainers Atem, ganz nah. Auch in dieser Nacht konnte ich nicht schlafen. Ich lag noch wach, als im ersten Tageslicht die Hähne krähten. Wie lange schon habe ich keine Hähne mehr gehört?

# 5

Die Nächte waren am schlimmsten, damals nach Madeleines Tod. In jener Zeit, wenn ich schlaflos lag, habe ich angefangen, meine Gedanken aufzuschreiben. Was ich nachts auf Zettel kritzelte, habe ich tags darauf in Fetzen gerissen. Niemand durfte es lesen. Es war das Eingeständnis meiner Schuld. Und niemand durfte wissen, dass Madeleine in dieser Silvesternacht nicht allein gewesen war.

Immer wieder sah ich sie lebend vor mir, sah ihr blasses Gesicht mit den Sommersprossen, sah ihr spöttisches Lächeln, und dann dachte ich, es ist wohl doch nicht wahr, ich wusste aber, es ist wahr.

Irgendwann habe ich aufgehört zu empfinden. Irgendwann waren meine Gefühle aufgebraucht. Was blieb, war ein großes Loch, eine dumpfe, unbestimmte, auf nichts gerichtete Leere. Nur manchmal noch die Bilder wie Ausschnitte aus einem Film, den ich nicht vergessen kann, und die Gedanken, die sich sinnlos wiederholten, ohne zu einem Ergebnis zu kommen. Aber jetzt auf meiner Pritsche in der zugigen Unterkunft griff die Vergangenheit wieder nach mir wie die schleimigen Fangarme eines Kraken, wie ein Ungeheuer, das der Höhle des Vergessens entsteigt und unaufhaltsam in die Gegenwart dringt, um sich ihrer zu bemächtigen. Und die Erinnerung war nicht verblasst in all den Jahren, hatte ihren Schrecken nicht verloren. Ich hatte nur gelernt, sie immer häufiger, immer länger beiseite zu schieben.

Am Morgen Zähneputzen mit Mineralwasser an der Wasserstelle im Dorf, begafft von lauter Kindern, die hier nicht bettelten, sondern nur dastanden, fast andächtig, und endlich kichernd die Köpfe zusammensteckten. Ich fühlte mich unwohl unter ihren Blicken. Dann nahm ich mir ein Herz, ging zu ihnen und zeigte ihnen meinen Fotoapparat. Wir waren uns gar nicht so fremd.

Beim Frühstück zum ersten Mal tibetisches Brot: dicke, in Fett gebackene Fladen, dazu Spiegelei.

Später waren wir wieder unterwegs. Wir folgten dem Fluss mal weit von ihm entfernt, dann wieder nah, wenn sich das Tal zur Schlucht verengte. Sein Rauschen sollte uns tagelang begleiten. Wieder Terrassenfelder, hunderte, vielleicht sogar tausende von Höhenmetern übereinander geschachtelt. Die meisten waren noch nicht bestellt, auf wenigen nur wuchs Gerste.

Rainer zeigte mir Felder mit Marihuana.

Manchmal zerlumpte Kinder mit verfilzten Haaren und Rotznasen, die uns bettelnd verfolgten, dann wieder Kinder in sauberen Schuluniformen.

Wir grüßten pausenlos: »Nameste.« »Nameste.«

Rainer fotografierte.

Fast alle gingen hier zu Fuß, nur selten ein Reiter auf einem Esel oder Maultier. Ich staunte, was alles von Menschen getragen wird: Kisten mit Bierflaschen in hohen Stapeln, ein alter Mann mit eingezwängten Beinen in einem Korb auf dem Rücken seines Sohnes, ein Wellblechdach, Matratzen, Stühle. Auch die Frauen tragen Lasten, die ich kaum heben kann, trotzdem lächelnd mit ihren Perlenzähnen. Sie gehen barfuß oder in Badelatschen, nur wenige in Turnschuhen, und stützen sich an steilen Stellen mit einem Stock, den sie mit beiden Händen vor sich tragen. Weit vorgebeugt tragen sie die Last auf dem Rücken nicht mit Schulterriemen, sondern an einem Stirnband. Die Maultierkarawanen wurden mit jedem Tag unseres Aufstiegs weniger. Wagen gab es gar nicht.

Mittags machten wir Rast vor einem kleinen Restaurant. Wir aßen Gemüsenudelsuppe. Wie gestern.

Rainer trank Bier dazu.

Rainers Hände –

Rainer kannte sich aus in den Bergen, was mich wunderte. Rainer erzählte vom Hängebiwak in einer Eiswand über dem Meer. Wir hörten zu und staunten.

Dann gingen wir weiter, Rainer blieb an meiner Seite, mit leicht gebeugten Schultern, den Kopf gesenkt, wie ich ihn nicht anders kannte. Ich hörte seine Stimme, hörte das Pfeifen und die Rufe der Eseltreiber, hörte die Glocken der Esel, hörte einen Hirtenjungen auf seiner Flöte spielen. Als wir stehen blieben, um der Musik zu lauschen, verstummte der Junge und lächelte. Im Weitergehen trug der Wind die Töne noch lange zu uns hinüber. Elfis laute Stimme störte mich. Ich hätte sie abschalten mögen.

An einem Bach, der zu überqueren war, reichte mir Rainer die Hand: eine Selbstverständlichkeit? Oder eine besondere Geste?

Drei Nächte hatte ich nicht richtig geschlafen. Trotzdem keine Spur von Müdigkeit. Ich war in Hochstimmung. Wie schön es hier war! Die roten Blüten der Bäume! Die Landschaft! Die Menschen! Rainer, wie er neben mir ging. Seine Stimme, seine Ruhe und Sicherheit, die mich anzogen, ohne dass ich mich fragte, warum.

Am Nachmittag war es windig geworden. Sturm trieb uns Staub und den Mist der Tiere in Augen und Nase. Der Mann mit dem Wellblechdach quer auf dem Rücken flatterte vor uns im Krebsgang über den schmalen Weg neben der Felswand. Über den Bergen stiegen schwere Wolken auf. Ihr ungewöhnliches Grau und der starke

Wind beunruhigten mich. Ich machte mir Sorgen: Bei Neuschnee bedrohten Lawinen unseren Weg, der Pass würde verschneit und nicht begehbar sein. Hatten wir überhaupt eine Chance, unser Ziel zu erreichen?

Rainers vom Wind zerzauste Haare –

Rainer war seit zwei Jahren geschieden, von Sarahs Mutter, wie ich annahm.

Dann Rainer wieder vor mir in seinem blauen, verblichenen Anorak.

Die Lodge in Jagat war ein Steinhaus, deswegen aber nicht weniger zugig als die vorherige. Der Wind pfiff durch den Spalt zwischen Mauer und Dach und zerrte am Wellblech mit einem unaufhörlichen Scheppern und Rappeln. Auch hier waren wir die einzigen Gäste. Von den Touristenströmen, in die wir uns später einreihen sollten, war noch nichts zu spüren.

Elfi war müde und ging früh zu Bett. »Der Jürgen« blieb noch. »Sagen wir mal so«, hob er an und Elfi war nicht da, ihn zu unterbrechen. Dann sprach er über Relativitätstheorie und seine Augen waren mit einem Mal nicht mehr blicklos. Er erzählte von fernen Galaxien, von neuen Sternen und von schwarzen Löchern im Universum. Ich rechnete nach: Vor genau dreißig Jahren haben Madeleine und ich davon in der Schule gehört. Mein Gott, wie lange ist das schon her!

# 6

Ich erinnere mich noch genau an den Augenblick, als Madeleine in mein Leben trat. Sie war nicht irgendwann einfach da, wie so viele, die sich in einem unbeachteten Augenblick klammheimlich beigesellen. Sie trat ein, unübersehbar, trat hinein in das Klassenzimmer – an der Seite des Direktors, dieses grauhaarigen, würdigen Mannes – im kürzesten Rock, den ich je gesehen hatte. Darunter trug sie blaue, tatsächlich blaue! Perlonstrümpfe.

Schon das Erste, was sie sagte, war Widerspruch. Nicht nur das, sie widersprach nicht irgendwem. Sie widersprach unserem Direktor, sagte es diesem gütigen, diesem ernsten, strengen Menschen, diesem Inbegriff der Würde, diesem Angst einflößenden Mann gerade ins Gesicht, dass sie nicht gedenke, dort Platz zu nehmen, wo er sie sehen wollte. Nein, nicht in der ersten Reihe, neben der mit dem karierten Rock (das war ich), sondern ganz hinten, da, wo in der letzten Reihe noch ein Platz frei war, dort würde sie Platz nehmen. Und es interessierte sie nicht, was der Direktor dachte und was der Direktor meinte, es interessierte sie nur, was sie für richtig hielt. Dann ging sie nach hinten, vorbei an dem würdigen Gesicht, das keine Regung zeigte, und nahm dort Platz, wo sie es wollte, nicht wo er es wollte. Ich blickte aus dem Fenster, als ginge mich das Ganze nichts an, als habe sie mich eben nicht bis ins Tiefste verletzt und als sei das, was sie unserem ebenso gütigen wie strengen Direktor angetan hatte, nicht eine Blasphemie, für die sie sogleich zur Hölle fahren würde. Aber sie fuhr nicht zur Hölle. Es geschah im Grunde genommen gar nichts.

Wo sie herkam, wollten wir von der Neuen wissen. Sie zuckte gleichgültig die Achseln, murmelte etwas von Leibnizgymnasium. Aha, jetzt war es klar: eine die zu uns kam, weil sie von der Schule geflogen war. Warum wechselte sie sonst mitten in der dreizehnten Klasse die Schule, wenn nicht, weil man sie nicht mehr haben wollte im Leibniz, nur wenige Kilometer von uns entfernt, dort, wo die besseren Kreise zur Schule gingen?

Kein Wunder, dachte ich, bei dem Gehabe, dem Namen (wer hieß damals schon Madeleine), den Strümpfen und den schwarz geränderten Augen. Und ich beschloss, es ihr niemals zu verzeihen, ja sogar, es ihr heimzuzahlen, dass der leere Platz neben mir auch ihr nicht gut genug war. Ich konnte es nicht anders als persönlich nehmen.

Aber warum wandte Madeleine dann ausgerechnet mir, der Eigenbrötlerin, ihr Interesse zu, warum setzte sie sich in der dritten Woche plötzlich, ohne ein Wort darüber zu verlieren, neben mich? Damals habe ich es nicht verstanden. Ich wehrte ihre Annäherungsversuche ab, wollte nichts zu tun haben mit diesem Zankteufel, diesem Störenfried, dieser Miesmacherin, die mit ihrem Widerspruchsgeist alles in Frage stellte, was mir selbstverständlich, lieb und teuer war.

Ihr Lästermaul hatte vor nichts Halt gemacht, nicht einmal vor meiner christlichen Jugendgruppe. Dabei war sie nie dabei gewesen! Wie hätte sie denn verstehen können, was ich dort suchte und fand. Aber ich lud sie nicht ein mitzukommen. Nichts wäre schlimmer gewesen als ihre Sticheleien, ihr Nicht-Verstehen-Wollen, ihr Scharfblick für alles, was fragwürdig, hohl und verlogen war.

Stundenlang hatte sie damals auf mich eingeredet, hatte

von Unterprivilegierten und Establishment geredet, von Antikapitalismus und Sozialrevolution, von der Gewaltorganisation des Systems und von der Revolutionierung der Massen, Worte, die ich nicht kannte und deren Sinn ich nicht verstand. Ich wollte von alledem nichts wissen.

Nach dem Abitur trennten sich unsere Wege. Ich weiß nicht mehr, ob ich es bedauert habe. Jedenfalls war das Leben leichter ohne sie.

Heimgezahlt, wie ich es gewollt hatte bei unserer ersten Begegnung, habe ich ihr nichts. Vielleicht war es überflüssig geworden, vielleicht hatte ich nicht gewusst, wie. Was später geschah, war nicht meine Absicht gewesen.

# 7

Auch an diesem Abend in Jagat Stromausfall gegen halb neun. Ich hatte meine Stirnlampe im Zimmer vergessen und tastete mich im Finstern auf den schiefen Stufen die schmale Stiege empor. Fünf Minuten später folgte Roswitha mit ihrer Lampe. Ja, hätte sie nicht gleich mitkommen können?

Draußen immer noch Sturm und Regen, ein fortwährendes Heulen und Prasseln. Dazu das Scheppern des Wellblechdaches. Ich lag schlaflos.

Am andern Morgen wieder die fettigen Fladen tibetisches Brot, dazu gekochte Eier und Marmelade aus klebrigen Gläsern. Wenig später der Start im Regen mit Plastikfolien über unseren Habseligkeiten. Aber das war kein Regen, durch den wir gingen, das waren Sturzbäche, die sich aus dem Himmel entleerten. Es goss, es schüttete. Die Wassermassen schossen von den Wellblechdächern und verwandelten die Steinstufen des Weges in Kaskaden eines reißenden Baches. Dazu Blitze und knatternder Donner. Wir gingen durch die Fluten und schwitzten in unseren Hightech-Klamotten.

Hinter mir hörte ich Sarah: »Scheißwetter, verdammtes.«

Rainer im blauen Anorak watete vor mir durch das gurgelnde Nass, wie immer leicht gebeugt, ein Mann in den Fünfzigern mit angegrauten Haaren und schmalem Gesicht, ein Mann unter den zahllosen, die hier gingen, nicht mehr und nicht weniger, ein Mann von vielen, denen ich in meinem Leben begegnet war, nicht einmal einer der attraktivsten. Wenn nicht sein Blick gewesen wäre, der sich manchmal eine Spur zu lange mit meinem kreuzte, sein Lächeln und seine Stimme, die mich so eigenartig berührte.

Mittags zur Abwechslung Tomatennudelsuppe, wie immer aus Blechnäpfen. Es tropfte durchs Dach, es regnete durch eine Öffnung über der Tür, es zog durch den breiten Spalt zwischen Dach und Wand. Es war kalt geworden. Wir tranken heißen Tee und froren.

Rainer redete mit Roswitha.

Die Trekkingsäcke standen unter dem Vordach der Lodge, aber der Wind trieb den Regen bis zur Mauer. Ein Esel interessierte sich für meinen und stieß ihn in den Bach aus Matsch und Mist. Warum trifft so etwas immer mich?

Dann trotteten wir weiter im Prasseln des Regens, mit nassen Füßen, schweigsam alle, sogar Elfi.

Als die Wolkendecke für kurze Zeit aufriss, standen wir in einer überwältigenden Landschaft. Wasserfälle überall, tiefe Schluchten und schroffe Felswände. Nebelschwaden krochen über das braune Gras der Berghänge. Darüber kalt und weiß der Neuschnee. Plötzlich, nur für einen Augenblick, ein schneebedeckter Gipfel strahlend schön im Sonnenlicht.

Rainer fotografierte. Ich blieb neben ihm stehen, das Objektiv meines Fotoapparats auf dasselbe Ziel gerichtet: unsere Bilder als Bürgen für gemeinsame Erinnerungen.

Bald darauf wieder Regen und alles versank hinter der grauen Wand, wurde konturlos, nur der Weg erhob sich vor uns aus den Wasserschleiern. Wir gingen Kilometer um Kilometer durch den unaufhörlichen Regen und das Wasser rann uns von den Kapuzen über das Gesicht.

Ich dachte an Urlaub am Strand unter Palmen, an Leuchttürme unter Sternenhimmel und an das Zirpen von Zikaden.

Endlich unsere Lodge in Dharapani, erst 1890 Meter hoch, aber schon erbärmlich kalt. Wie sollte das werden, wenn wir mehr als dreitausend Meter höher sind? In unseren Trekkingsäcken stand das Wasser. Elfi redete und gestikulierte noch ärger als sonst. Wir anderen saßen, starrten in den Regen und warteten auf das Abendbrot.

Rainer mit Dreitagebart – neben Roswitha.

Ich versuchte zu lesen.

Roswitha jetzt ganz dicht an Rainers Seite, aber kerzengerade wie immer.

Ich legte mein Buch beiseite. Zum Lesen war es ohnehin zu dunkel.

Bin ich etwa eifersüchtig?

Rainer bestellte zwei Bier, eines für Roswitha, wie ich annahm.

»Ich gehe nicht mehr mit«, verkündete Sarah.

Dann schwieg sie und zog eine Schnute, dass sich ihre Oberlippe kräuselte.

Elfi wusste gleich den Grund: das Wetter natürlich, aber morgen würde sicher der Regen aufhören.

Roswitha hingegen: »Sie hat sich Blasen gelaufen.«

Und »der Jürgen« hob an mit seinem »Ich sag mal so«, aber Elfi fiel ihm ins Wort und Jürgen, wie immer seinen Kopf zwischen den Händen und die Ellenbogen in die Tischplatte gebohrt, schwieg wieder und blickte durch Sarah hindurch, mit offenem Karpfenmund, als gehe ihn das Ganze nichts an.

Er tat mir Leid.

»Aber Mädchen, warum denn das?«, wollte endlich Rainer wissen.

Ihr Schlafsack sei nass vom Regen, weil ohne Plastiktüte im Trekkingsack. Und überhaupt. Sie fände es unmöglich, ja beschämend, mit einer Horde – sie sagte tatsächlich Horde – von Touristen durch die Berge zu latschen.

Rainer bot ihr seinen Schlafsack an. Sie schimpfte nur, doch dann willigte sie ein. In einem Ton, als müsse er ihr dankbar sein für ihr Entgegenkommen. Eine Selbstverständlichkeit, dass sie den trockenen Schlafsack bekam. Kein Wort des Dankes!

Roswitha hielt den Kopf schief und kaute mit zusammengekniffenen Augen am Bügel ihrer Brille.

Ich weiß nicht, was Rainer an ihr fand. Schon ihre Haare, pechschwarz, also mit Sicherheit gefärbt. Schwarzhaarige ergrauen früh.

Das Abendessen kam. Wieder gebratener Reis mit ein paar Zwiebelringen und Mangoldblättern. Roswitha schimpfte aufs Essen. Die Stimmung war mit einem Mal miserabel.

Dann fuhr Sarah mit aufgebrachter Stimme ihren Vater an: Die Träger im Regen ohne Schuhe, ohne Jacke, und von denen lässt du dir dein Bier rauftragen. Für einen Hungerlohn! Sie warf ihm die bettelnden Kinder vor, als sei es seine Schuld, dass sie bettelten. Sie warf ihm den Müll in der Landschaft vor, als habe er ihn fortgeworfen. Und Rainer machte keinen Versuch, sich zu verteidigen.

Roswitha griff ein: »Unsere Träger haben doch Schuhe«, und: »Ihre Kinder werden nicht betteln müssen.«

Aber Sarah ließ es nicht gelten. Sie hörte nicht auf zu schimpfen auf Touristen wie uns, die, so sagte sie, die Kultur der Menschen bedrohen, die altüberlieferten Werte vernichten und die Neid und Missgunst säen.

Ich hasse dieses nutzlose Gezänk. Es widerte mich an, wie Sarah mit ihrem Vater umging, und ich verstand nicht, warum er sich nicht wehrte. Sie hätte doch wissen können, was sie in Nepal erwartete. Sie studierte doch Ethnologie. Und selbst wenn sie die Wahrheit aussprach, das allein berechtigte sie noch lange nicht, ihren Vater so zu attackieren.

Später stand ich auf, um ins Bett zu gehen. Rainer redete mit Roswitha und blickte nicht auf, als ich mich verabschiedete. War sie denn so viel wichtiger als ich? Hätte er mir nicht wenigstens ›Gute Nacht‹ sagen können, wie es die anderen auch taten? Ich konnte nicht anders, als mich zu ärgern. Im Gehen hörte ich Roswitha lachen. Wie das Meckern einer Ziege, fand ich.

Als ich im Bett lag, regnete es immer noch. Endlich kam Roswitha. An diesem Abend hatte ich ihn schon fast aufgegeben, den Pass. Hätte ich gewusst, was mich am nächsten Tag erwartete, ich wäre auf der Stelle umgekehrt.

Irgendwann schlief ich ein. Dann sah ich mich wie so oft in meinen Träumen am Thorong-Pass. Schnee fiel vom Himmel: eine dichte, undurchdringliche Wand. Ich stieg auf in einer endlosen, stumpfsinnigen Folge von Schritten auf einem nie endenden eisigen Pfad, immer höher, immer steiler. Dieses Mal war ich nicht allein. Vor mir, nur zu erahnen hinter dem Vorhang aus wirbelnden Flocken, sah ich eine Gestalt. Erst war es nur ein blauer Fleck, bis ich ihn erkannte: Rainers Anorak. Rainer selbst war es, der vor mir höher klomm! Aus meiner Freude wuchsen mir neue Kräfte und plötzlich kam ich schneller voran. Aber Rainer ging nicht, das konnte ich deutlich erkennen. Er setzte nicht einen Fuß vor den anderen wie ich, er glitt empor über Schnee und Eis mit geschlossenen Füßen, so schnell, dass ich nicht folgen konnte. Ich rief, aber Rainer hörte nicht auf mein Rufen, er wendete sich nicht einmal um zu mir. Dann rutschte er nicht mehr, er schwebte hinauf zum Pass, bis ihn der Schnee verschluckte vor meinen Augen. Meine Freude schlug um in tiefste Enttäuschung. Ich wollte nicht zurückbleiben, glitt aber immer wieder zurück, so sehr ich mich auch mühte, fiel schließlich in den Schnee, bäuchlings, mit dem Gesicht ins kalte Weiß, es drang in meinen Mund in meine Nase. Nicht liegen bleiben, das ist der sichere Tod! Ich raffte mich wieder auf, nahm die Hände zu Hilfe und zog mich Meter um Meter höher, dorthin, wo weit über mir der Pass sein musste. Und wieder nahm das Steigen kein Ende, solange der Traum auch dauerte, und ich spürte die Wut, weil Rainer mir nicht half, fühlte meine Verzweiflung, weil ich allein zurückblieb, verlassen von allen in meiner Hilflosigkeit. Ich hörte den heulenden Sturm, der mir den Atem nahm, ich rang nach Luft, aber meine Lungen füllten sich mit Schnee und der Pass war immer noch unendlich fern, bis ich starr war vor Atemnot und aufwachte, ohne an das Ziel gelangt zu sein. In keinem meiner Träume hatte ich je die Passhöhe erreicht.

Draußen stürmte es immer noch und der Regen prasselte aufs Wellblechdach. Ich machte mir Sorgen. Würde ich den Pass ebenso wenig erreichen wie andere Ziele in meinem Leben, die mir noch viel wichtiger gewesen waren?

Am nächsten Tag strahlende Sonne und Landschaft pur. Wasserfälle überall, tosendes Wasser in der Schlucht, Baumriesen mit Orchideen, dahinter die schneebedeckten Achttausender zum Greifen nah mit weißen Fahnen von wirbelndem Pulverschnee über den Gipfeln vor einem Himmel aus violetter Tinte. Darunter mächtige Gletscher, manche wie Flüsse aus erstarrtem Silber, andere als bizarre Eiskaskaden in schimmerndem Blau über tausende von Höhenmetern.

Elfi überschwemmte uns mit ihrer Begeisterung, so als würden wir, die wir stiller sind, diese Schönheit nicht erleben. Ich mochte nicht, wie sie ihre Gefühle absonderte. Ich brauche Zeit, ich brauche die Stille für mein eigenes Empfinden.

# 8

Wir leben noch! Selbst die Verletzungen waren im Grunde genommen belanglos. Daran änderten auch die kunstvollen Verbände nichts, die Roswitha sich von Rainer um ihre blutenden Hände hatte wickeln lassen, und auch nicht die Kompressen auf ihrem Schienbein. Niemand hatte gedacht, dass wir dem Tod plötzlich so nahe sein würden. Ich ging am Schluss der Gruppe, als wir den Erdrutsch querten, nur Kazi war noch hinter mir. Der Felsbrocken, groß wie eine Kommode, löste sich ein paar hundert Meter über uns aus dem Schutt kurz unterhalb der Abbruchkante. Alle sahen ihn. Wir hatten aufgeblickt, als wir das Poltern hörten. Ein riesiger Felsblock zwar, ein heimtückisches Geschoss, aber weit über uns, also Zeit zum Ausweichen, so dachten wir wohl alle, und wir standen und schauten nach oben, Augenblicke, vielleicht sogar Sekunden, wertvolle Zeit, die wir verstreichen ließen. Und der Klotz, der da auf uns zukam, gewann an Fahrt, raste tiefer. Dann geschah das Unvorhergesehene: Der Felsblock zersprang. Die Trümmer, manche fußballgroß, andere wie Wagenräder, meterhoch springend nach jedem Aufschlagen, jagten auf uns zu, unberechenbar wie ein Sternschnuppenschwarm. Im Schutz eines Schuttkegels warf ich mich zu Boden. Dann hörte ich die Schreie derer, die vor mir gingen, sah hilflos, wie die Felsbrocken durch die Rinne sprangen, die die anderen gerade durchquerten, wie riesige, todbringende

Pingpongbälle, sah die vergebliche, blinde Flucht, sah Roswitha fallen, sah Rainer straucheln, von Roswitha zu Boden gerissen, sah ihn den Halt verlieren, dann stürzen vom Weg, der hier keiner mehr war, hinunter zur Schlucht, ohne Schrei, fünf, sechs Meter tief, wo er liegen blieb. Aber Rainer richtete sich wieder auf, vorsichtig im losen Schutt und Geröll.

Ich weinte hemmungslos und schämte mich meiner unnützen Tränen. Mir war gar nichts geschehen. Wie durch ein Wunder hatten die Steine niemanden, wirklich niemanden, getroffen. Die Hautabschürfungen der anderen bluteten zwar, aber sie waren, wie gesagt, belanglos, eigentlich nicht der Rede wert. Und doch redeten wir von nichts anderem als den Steinen, die da auf uns zu gekommen waren, von unserem Glück und von unserer Hilflosigkeit.

Umesh hatte, als er sich zu Boden warf, zu seinen Göttern gebetet, die dort in den Bergen ganz nah sind, und vielleicht waren es seine Gebete, die uns das Leben gerettet hatten.

Der nächste Erdrutsch, den wir überqueren mussten, war noch in Bewegung, eine riesige Mure aus grauem Schlamm und Schutt, aufgeweicht von den Regengüssen am Vortag. Ich fühlte mich hoffnungslos in der Falle: hinter mir der Erdrutsch mit den in die Tiefe stürzenden Felsbrocken, vor mir dieser fürchterliche, weglose Strom aus Schlamm, der sich über den Steilhang in die Schlucht wälzte. Ich hatte Angst, abgrundtiefe, hilflose Angst. Wie bedeutungslos waren die riesigen Wunden in der Landschaft vom Flugzeug aus gewesen.

Unsere Träger waren schon auf der anderen Seite!

Jürgen mit seinen Rübezahlschritten ging als Erster, knöcheltief im Schlamm, aber ruhig und unerschütterlich, ohne einen Blick in die Tiefe zu verlieren. Rainer folgte, als Jürgen zwanzig, dreißig Meter gegangen war, vorsichtig, um nicht abzurutschen, und mit derselben Bedachtsamkeit.

Es war mir plötzlich egal, ob es richtig war oder falsch, was ich tat. Ich musste es hinter mich bringen, jetzt sofort. Wenn ich hier schon verschüttet werden sollte, dann doch wenigstens nicht allein! Ich wartete nicht. Ich ging direkt hinter Rainer und trat in den gurgelnden Matsch seiner Fußstapfen. Der graue Schlamm floss in meine Schuhe, aber ich kümmerte mich nicht darum. Ich sah nur auf Rainers Füße, die sich schmatzend aus dem zähen Brei lösten, trat dorthin, wo die kleine Kuhle sichtbar blieb – fast war es ein Weg –, dann der nächste Schritt und wieder der nächste.

Alles um uns her war im Fluss.

Bloß nicht in die Tiefe sehen!

Als wir wieder festen Boden unter den Füßen hatte, drehte sich Rainer zu mir um:

»Du hättest besser warten sollen. Das ist sicherer.«

Seine unüberhörbare Rüge traf mich tief. Aber immerhin: Ich hatte es geschafft.

Ich glaube, die anderen sind viel furchtloser als ich.

Beim Weitergehen immer wieder die vom Steilhang abgerutschten Wege. Irgendwann eine Gedenktafel für drei Kanadier und eine ungenannte Zahl von Nepali, die hier durch einen Erdrutsch ums Leben gekommen waren. Was mich am stärksten beunruhigte: die tiefen Risse, zehn oder zwanzig Zentimeter breit, auf der Bergseite des Weges als Zeichen für die Gefahr, von einem Augenblick zum anderen mit dem Pfad in die Tiefe zu stürzen.

Beim Mittagessen ließ sich Roswitha von Rainer die Hautabschürfungen verbinden. Als wären seine eigenen nicht viel schlimmer! Nur um sich von ihm anfassen zu lassen, vermutete ich. Aber auch Umesh begann Wunden zu verbinden, Prellungen zu kühlen und Creme zu schmieren, wo es nur irgendwo sinnvoll erschien: Antwort auf seine Hilflosigkeit dem gegenüber, was geschehen war und was noch geschehen konnte.

Wir redeten von nichts anderem als den Steinen. Immer wieder dasselbe. Wir fanden kein anderes Thema.

Niemand konnte sagen, wie lange es gedauert hatte, bis die Gefahr vorbei war.

# 9

Mir ist immer noch unbegreiflich, wie alles miteinander zusammenhängt. Es war ein Zufall, so unwahrscheinlich wie ein Sechser im Lotto, dass wir beide, Sarah und ich, uns gerade in dieser Ecke der Welt getroffen haben. Es war ein Zufall, dass wir gerade an dieser Stelle waren, als sich der Felsblock löste, und nichts als ein Zufall hat uns davor bewahrt, von den Steinen getroffen zu werden. Ich glaube nicht an die Vorsehung und rechne nicht mehr mit einem Gott, der meine Geschicke lenkt. Es ist schlichtweg wahrscheinlich, dass irgendetwas Unwahrscheinliches geschieht, dazu braucht es keine Fügung. Nur was das unwahrscheinliche Geschehen sein wird, das kann niemand voraussagen.

Es war auch nichts als der pure Zufall, dass ich Madeleine zehn Jahre nach dem Abitur wieder begegnet bin. Und ohne die Reihe von belanglosen Begebenheiten, von denen jede für sich so unwichtig war, dass sie der Erwähnung nicht wert wäre, ohne die lächerliche Verkettung von Ereignissen wäre Madeleine noch am Leben. Davon bin ich jedenfalls überzeugt.

Nach dem Mittagessen stieg der Pfad steiler an. Auf dem Weg jetzt Schneematsch. Schon wieder machte ich mir Sorgen: Morgen früh würde unser Weg vereist sein.

Am Nachmittag unser Ziel: Chame, 2700 Meter hoch. Vor der Unterkunft in der Sonne Tuborg-Bier, dazu hauchdünnes, scharf gewürztes, in Fett gebackenes Brot, Urlaubsstimmung, wie sie besser nicht hätte sein können. Wenn die Steine nicht gewesen wären!

Im Ort waren alle Wasserstellen versiegt. Durch die kunstvoll verzweigten Schläuche floss kein Tropfen Wasser. Der Bach, der sie speiste, war versiegt, aber Dupshang, der Tausendsassa unter den Trägern, ein Figaro, der alles kann, holte einen Kanister mit warmem Wasser aus der Küche auf den Platz vor der Lodge, rasierte Jürgen, rasierte Rainer, dann wusch er uns die Haare. Die erste Haarwäsche seit Tagen! Als die Sonne hinter den Bergen verschwand, waren meine Haare noch nass. Es war plötzlich wieder kalt.

In der Lodge war es zu dunkel zum Lesen. Also redeten wir. Und wieder redeten wir von nichts anderem als dem Steinschlag, von unserem Glück, unserem Unglück, unserem Glück im Unglück.

Rainer schimpfte über Roswitha, weil er durch ihre blinde Flucht vom Weg gestürzt war.

Er fand wohl doch nichts an ihr.

Auch in dieser Nacht träumte ich und der Traum war nicht besser als der vorige. Ich träumte von Sarah. Sie stand vor einem gelben Klinkerbau und ich erkannte in dem flachen Haus meine Schule, sah die Einfahrt zum Fahrradkeller, das Pflaster vor dem Eingang. Aber dann war es nicht mehr Sarah, die dort stand, es war Madeleine. Sie winkte mir zu und ich dachte, was sie in den Händen hielt, wären rote Blüten, aber es waren keine Blüten, es waren rote Kugeln. Ich sah Madeleine stehen in einem grauen, zähen Sumpf, und wenn sie die Füße hob, klebte er an ihr wie Pech. Und der graue Brei begann zu brodeln mit dicken trägen Blasen und quoll von überall her, stieg höher, aber Madeleine sah es nicht und lachte.

Ich konnte nicht erkennen, was das für rote Kugeln sein mochten, mit denen sie winkte. Die Kugeln wurden größer, dabei strahlend wie Leuchtmunition, und um sie her begann ein Licht zu lodern wie von Feuer. Ich wusste, der Morast würde Madeleine begraben und ihre leuchtenden Kugeln auch, aber sie merkte es noch immer nicht. Dann erkannte ich, das waren glühende Handgranaten, mit denen sie winkte, und sie lachte und sah nicht den Schlamm, der jetzt rot war wie die Glut in ihren Händen und der sie gleich verschlingen würde. Ich versuchte zu rufen, aber meine Stimme war tonlos. Da spürte ich, wie etwas mich zerriss, ohne Schmerzen, und ich fühlte die Bewusstlosigkeit, bis ich aufwachte mit offenem Mund und einem lautlosen Schrei auf den Lippen.

# 10

Der erste Zwischenfall, damals vor zwanzig Jahren, als die Verkettung von eher komischen als tragischen Begebenheiten ihren Lauf nahm, war meine stehen gebliebene Uhr. Es war wie so oft bei diesem banalen Ereignis: Ich bemerkte es erst, als das erwartete Fortschreiten der Zeit unübersehbar ausgeblieben war.

Ich hatte im Wohnzimmer meiner Eltern gesessen, bei einem dieser Pflichtbesuche, die ohnehin nicht enden wollen. Was ich erinnere: Mein Vater, auch abends mit Jackett und Krawatte, mit den Weinflaschen, süß war damals gefragt. Seine immer gleiche Geste des Besonderen beim ersten Schluck, der Kennerblick, das Gesicht des Genießers. Meine Mutter erfreut mich zu sehen, aber für mich hinter der spannungsreichen Fassade der Freundlichkeit die Ahnung einer drohenden Gefahr. Immer musste ich auf der Hut sein, durfte mir keine Blöße geben. Manchmal hatte ich an Vertrautheit geglaubt und gewagt, von meinen kleinen, unbedeutenden Erfolgen zu reden, einem Aufsatz in einer überregionalen Zeitung, einem Beitrag im Kulturspiegel des Rundfunks oder meinem ganzen Stolz damals, dem Interview mit dem Pianisten Wilhelm Kempff. »Unser Gernegroß« hatte meine Mutter zu mir gesagt, oder »Gib doch nicht so schaurig an«, und ich hatte mich geschämt über meine Geltungssucht, meine Angeberei oder über das, was sie dafür hielt. Dann war mein Stolz einmal mehr in das Grab meiner geheimen Phantasien gesunken, in dem ich meinen Traum von Anerkennung seit langem zu beerdigen gewohnt war. Und immer war es mein Bruder, dessen Erfolge sie mir vorhielt. Er war für sie der Glanzvolle, der Bedeutende, der Tüchtige, der Mann, auf den sie sich verlassen konnte. Aber ich wusste nicht, wovon sie sprach, wenn ich an meinen Bruder dachte, diesen langweiligen, bequemen Nutznießer mütterlicher Fürsorge.

Für mich blieb nur ihr Spott.

Mehr als jeder andere in der Familie war ich empfindlich und die Sticheleien, die Missachtung meiner Mutter trafen mich wie Messerstiche. Dass meine Arbeit durchaus Grund genug sein konnte, stolz zu sein, blieb mir lange Zeit verborgen. Damals habe ich beschlossen, mich niemals über meine Kinder lustig zu machen, sie niemals zu verspotten. Ob es mir gelungen wäre, weiß ich nicht. Ich habe keine Kinder.

Später die zweite Flasche Wein, die dritte.

Meist fand mein Vater irgendwann den Faden zu einem seiner endlosen Vorträge. Er dozierte über Recht und Anstand, über Höflichkeit und richtiges Benehmen und über die Notwendigkeit, sich mit allen Menschen gut zu stellen. Ich wusste nicht, wohin mit meinen Blicken, wagte nicht, ihm in die Augen zu sehen, und wenn doch, errötete ich, als hätte ich mich schuldig gemacht. Wodurch, wusste ich nicht.

Meine Mutter pflegte seine wohlgesetzten Worte mit ihren spitzen Bemerkungen und ihrem Hohn ins Lächerliche zu ziehen. Ich hasste die Monologe meines Vaters, fühlte meinen Widerspruch, war aber nicht im Stande auszudrücken, was ich dachte. Mehr noch als die Vorträge selbst verabscheute ich die Einwürfe meiner Mutter, das Zersetzende ihrer Beleidigungen. Die Angriffe auf meinen Vater waren immer auch Angriffe gegen mich. Sie ließ mich genauso wenig gelten wie meinen Vater. Damals dachte ich, sie nähme mich, nähme meinen Vater nicht ernst. Erst viele Jahre später habe ich meinen Irrtum begriffen. Sie nahm mich ernst, sehr ernst sogar: als Konkurrentin, die ihr Selbstbild, vielleicht auch ihre Stellung in der Familie und ihr Ansehen untergrub. Um sich selbst stark zu fühlen, brauchte sie unsere Schwäche. Nur indem sie mich zerstörte, meinen Vater der Lächerlichkeit preisgab, glaubte sie, vor sich selbst bestehen zu können.

Als ich das begriff, siebzehn oder achtzehn Jahre später, fand ich den Mut, meine Kulturzeitung zu gründen und meinen Mann zu verlassen. Endlich einmal war ich stolz auf mein Werk, stolz auf mich selbst. Und doch bin ich gescheitert, restlos, aber ich gebe meiner Mutter keine Schuld an meiner Pleite. Sie konnte nichts dafür, dass meine Arbeit nicht gebraucht wurde. Durch meine Euphorie, meinen blinden Stolz, hatte ich den Blick für die Realität verloren.

Halb elf Uhr zeigten die Zeiger meiner Uhr, als ich die Spannung nicht mehr aushielt, den Druck im Magen, das Herzklopfen und das Kribbeln in meinen Beinen, die ich nicht mehr stillhalten konnte. Eigentlich hatte ich erst in einer Viertelstunde gehen wollen, um den letzten Bus zu erreichen.

Ein paar Minuten später wartete ich an der Bushaltestelle im leichten Nieselregen, und die Zeit, die ich dort ausharrte, schien mir mit einem Mal viel zu lang. Meine Uhr zeigte noch immer halb elf.

Sie stand.

Ich zog meine Uhr auf, was ich am Morgen vergessen hatte, und wartete vergeblich weitere fünf oder zehn Minuten.

Der letzte Bus war längst gefahren.

Genau genommen war es schon Zufall, dass ich an diesem Abend nicht das Auto genommen hatte, und eigentlich begann diese letztlich so fatale, diese tödliche Verflechtung der Ereignisse damit, dass ich vergessen hatte, meinen Wagen rechtzeitig aus der Werkstatt zu holen. Als ich gekommen war, hatten sie das hohe Gittertor vor dem Hof längst zugesperrt.

Ich beschloss, von der Bushaltestelle zu Fuß zu meiner Wohnung zu gehen. Eine Stunde oder weniger, so dachte ich, würde es dauern, immer noch besser als zurückzugehen in das Wohnzimmer, dieses Golgatha meiner Kindheit, wo jetzt die nächste Weinflasche geleert wurde und von wo das Streiten meiner Eltern bis auf die Straße zu hören sein würde. Es war immer so gewesen, wie mir schien, zumindest kann ich mich nicht an Zeiten ohne das nächtliche Gezänk betrunkener Stimmen erinnern, die sich in meine Träume mischte, wenn ich endlich eingeschlafen war.

›Lieber Gott, mach, dass kein Streit ist‹, hatte ich jahrelang jeden Abend gebetet, aber der liebe Gott kümmerte sich nicht um meine Gebete. Wahrscheinlich hatte er Wichtigeres zu tun, als den Streit meiner Eltern zu schlichten.

Die Straße vor mir war menschenleer. Ich war lange nicht mehr diesen Weg gegangen. Mit dem Auto fuhr ich eine andere Strecke. Früher einmal waren diese düsteren Straßen mein Schulweg gewesen. Fremd war er mir geworden. Wo war der strenge Geruch nach Pferdeäpfeln und Urin auf dem Platz vor dem Bahnhof, wo früher die stämmigen Brauereipferde gewartet hatten? Wo waren die von Ruß und Kohlestaub geschwärzten Mauern? Hell war der Bahnhof jetzt und auf dem Platz standen Taxis im grellen Licht der Straßenlaternen.

Was war aus meinem Kiosk an der finsteren Ecke der Bahnhofsmauer geworden, wo es die Lakritzbänder gab, aus denen man zehn einzelne Schnüre machen konnte? Wo war die alte Kioskfrau mit dem Bart und der riesigen Warze auf der Wange geblieben, die Gebieterin über Himbeerbonbons und klebrige Gummibärchen für einen Pfennig, die sie aus den großen Gläsern klaubte und uns Kindern einzeln mit ihren Spinnenfingern in die Hand zählte?

Ja richtig. Der Kiosk war schon vor Jahren abgebrannt, die Alte längst gestorben. Meine Mutter hatte es mir einmal erzählt.

Ich ging weiter auf dem nassen Basaltpflaster der Eisenbahnbrücke, unter mir die glänzenden Stränge der Gleise des Rangierbahnhofs. Aber es waren nicht mehr meine Lokomotiven, die dort standen. Meine waren schwarze Ungetüme gewesen, die mich an den nassen Wintertagen in warme, klebrige Wolken hüllten, mal weiß und sanft wie Watte, mal schwarz und beißend von Ruß. Die Lokomotiven, die jetzt dort unten standen, waren rot und sie rochen nicht mehr nach verbrannten Kohlen. Sie waren zahm und fuhren, ohne Dampfwolken zu speien, ohne Pfeifen und Fauchen und ohne ölglänzendes Gestänge, dessen Kraft die Räder bewegte.

Hinter der Brücke wollte ich die Straße überqueren. Ich blieb stehen, um eines der wenigen Autos passieren zu lassen, die um diese Stunde hier fuhren. Aber der Wagen fuhr nicht vorbei, er bremste plötzlich und hielt. Was wollten die beiden dort im Auto von mir? Ich hatte Angst und wich zurück vom Straßenrand, darauf gefasst, im nächsten Augenblick davonzurennen.

»Grete.«

Nein, es war nicht Madeleine, die aus dem Auto meinen Namen rief, so leicht haben wir es dem Zufall nicht gemacht. Es sollte noch Monate dauern, bis uns diese Begegnung auf der nächtlichen Straße schließlich zusammenführte, und der Zufall, der folgte, war noch unwahrscheinlicher als dieser.

Es war Hartmut, der in dem Auto saß, ein Freund aus den längst vergangenen Tagen meiner Jugendgruppe, mit seiner Frau, die ich nicht kannte. Natürlich stieg ich ein, als sie mir anboten, mich nach Hause zu fahren, zumal sie ganz in meiner Nähe wohnten. Als ich vor meiner Wohnung ausstieg, lud Hartmut mich zu seinem dreißigsten Geburtstag am nächsten Tag ein.

Ich sah keinen Grund, die Einladung auszuschlagen.

# 11

Sarah ist am nächsten Morgen tatsächlich umgekehrt, gleich nach dem Frühstück. Sie hat sich einen von den dicken Brotfladen und zwei gekochte Eier eingesteckt. Rainers Schlafsack hat sie oben auf ihren kleinen Rucksack gebunden. Was sie nicht mitnehmen wollte, hat sie verschenkt: Die Daunenjacke für den Pass gab sie einem Träger, das warme Fleece einem Eseltreiber, ein paar Schuhe einer jungen Frau, die barfuß ging. Geld brauchte sie noch. Rainer gab ihr welches. Dann hatte sie alles, um allein den Weg zurückzugehen zu Maila und dessen hübscher Frau mit den drei Kindern und zu den Verwandten in den Bergen.

Angst? Nein, Angst habe sie keine, beteuerte sie, auch nicht vor den Erdrutschen, die morgen, wo es jetzt nicht mehr geregnet hatte, sowieso harmlos sein würden. Einen Bus nach Katmandu, zumindest einen Lastwagen, würde sie in Besisahar leicht finden.

Rainer bot ihr an, mit ihr umzukehren. Sie spottete nur.

Er war bekümmert, ich sah es ihm an, aber er griff nicht ein. Er ließ sie gehen ohne Widerspruch.

»Du bist erwachsen, ich kann dich nicht hindern«, war alles, was er sagte.

Ich beneidete Sarah um ihre Sorglosigkeit, aber ich glaube, ich hätte mich anders verhalten, wenn Sarah meine Tochter gewesen wäre. Ich hätte sie nicht ohne Begleitung umkehren lassen.

Dann haben wir Sarah gehen sehen, eine Traumtänzerin, allein auf dem schmalen Pfad. Ihre roten Haare leuchteten in der Sonne, tauchten dann unter in einer Eselkarawane, die sich zwischen uns schob, kam wieder hervor, vermischte sich mit dem hohen roten Haarbüschel des geschmückten Leittieres und verschwand endlich hinter einer Biegung.

Sie stand auf der Brücke über den Landwehrkanal beim Bahnhof Zoo. Ich sah sie von unten: die langen Beine unter den schwarzen Hotpants, die knabenhafte Figur, das flammende Haar. Ich nahm sie wahr als eine der außergewöhnlichen Erscheinungen, die meine Blicke auf sich ziehen, doch ohne Bedeutung für mich und bald wieder vergessen.

Ich begriff erst im allerletzten Augenblick, bevor unser Dampfer unter der Brücke verschwand.

Madeleine!

Dass wir uns überhaupt erkannt hatten, in diesem kurzen Augenblick. Hier. Nach genau zehn Jahren!

Es war nur ein Moment, in dem sich unsere Blicke begegneten. Ich weiß nicht einmal, ob ich ihr zugewinkt hätte, wenn sie mich nicht auch erkannt hätte.

Madeleine lief auf die andere Straßenseite und kletterte über die Absperrung zur Schleuse. Man wollte sie nicht zusteigen lassen, obwohl unser Boot festmachte. Sie versuchte es trotzdem, man hinderte sie.

»Ich komme gleich«, rief sie mir zu, dann war sie verschwunden.

Ich wusste nicht, was sie meinte.

Ja, doch dann freute ich mich wirklich, sie wieder zu sehen. Ich sah sie schon von weitem. Sie saß vorn auf dem Deck des Schiffes, genau da, wo ich vorher gesessen hatte. Sie hatte den Bus genommen zum Schloss Charlottenburg, während wir fuhren, anlegten und das Schloss besichtigten. Durch den Schlosspark war sie gerannt, ohne mich zu finden, hatte unser Schiff gesucht, aber es lag nicht da, wo die meisten Boote festmachen. Dann hatte sie den alten grünen und weißen Dampfer am gegenüberliegenden Ufer entdeckt, war über die Brücke gelaufen und hatte eine Fahrkarte gekauft. Da saß sie nun auf meinem Platz, strahlend über den gelungenen Coup, aber ihr Porzellangesicht war noch blasser als früher mit dunklen Rändern unter den Augen.

Ich setzte mich neben sie, gar nicht mehr verwundert, sie zu sehen. War es nicht ganz natürlich, sie hier in Berlin, wo sie seit Jahren wohnte, zu treffen?

Aber sie war nicht mehr dieselbe wie vor zehn Jahren. Müde wirkte sie und gehetzt. Sie alberte nur, als ich sie nach der Ursache fragte. Was ich von ihr erfuhr, war so nichts sagend, dass ich es vergessen hatte, ehe ich zu Hause war. Unsere Wege trennten sich wieder nach der Dampferfahrt.

»Besuch mich doch mal, wenn du in der Nähe bist«, hatte ich halbherzig zu ihr gesagt, ohne sie zu erwarten und ohne mich auf sie zu freuen. Sie hatte meine Adresse notiert. Ihre langen, schmalen Finger hatten zitternd den Stift geführt, dann war sie zum zweiten Mal aus meinem Leben entschwunden.

Und wieder vergaß ich Madeleine. Vielleicht hätte ich mich nie wieder an unsere kurze Begegnung in Berlin erinnert, hätte sie ebenso vergessen, wie ich die nächtliche Begegnung mit Hartmut vergessen hätte und die mit seiner Schwester, die ich bei seiner Geburtstagsfeier traf. Auch die Einladung seiner Schwester nach Berlin und die Dampferfahrt – es war ihre Idee gewesen – wären irgendwann vergessen gewesen. Erst durch das, was sich später ereignete, ist mir alles unauslöschlich im Gedächtnis geblieben.

## 12

Rainer blieb still, als wir weitergingen, nur der gefrorene Schneematsch krachte unter seinen Schritten.

»Machst du dir Vorwürfe?«, fragte ich einmal.

»Nein«, sagte er. »Sarah lässt sich nicht lenken. Sie hat sich noch nie lenken lassen.«

Und später: »Wie ihre Mutter.«

Es gibt Augenblicke, da unterlässt man zu fragen, was man hätte fragen müssen. Vielleicht war die Lawine schuld, die hier abgegangen war. Sie hatte sich irgendwo hoch oben über dem gegenüberliegenden Ufer gelöst, hatte den Bach verschüttet und die Bäume auch auf unserer Seite geknickt wie Streichhölzer. Wir überquerten Berge von Schnee, fest wie Beton, und meine Gedanken waren bei der Gefahr, die unsichtbar an den Hängen über uns lauerte, bei dem Bach, der kein Wasser nach Chame geführt hatte, und bei Sarah, die jetzt allein ging. Nach ihrer Mutter fragte ich nicht, nicht jetzt.

Ich gewöhnte mich an das Gehen, an das Einerlei der Schritte, an das Auspacken am Abend, das Wiedereinpacken am nächsten Tag, die Sonne am wolkenlosen Himmel, die Kälte am Abend, das tibetische Brot zum Frühstück, an Nudelsuppe und gebratenen Reis aus Blechnäpfen.

An diesen zwei Tagen zwischen Chame und Braga ereignete sich wenig, wenn man davon absieht, dass wir höher stiegen, Erdrutsche durchquerten, auch mit Steinschlag, aber harmlos. Die Steine stürzten nicht herab, eher war es ein sanftes Rieseln, man gewöhnte sich daran. Ein Stein traf die Krempe von meinem Sonnenhut. Es tat nicht einmal weh.

Was sich änderte, war die Landschaft, die jetzt weiß in der Sonne glitzerte. Hinter Chame war die Sicht freier geworden. Die Berge, die wir in der Ferne sahen, erreichten wir erst Tage später. Wie im Schneckentempo krochen wir den Weg entlang, dessen ferne Biegungen sich unter unseren Schritten zu endlosen Entfernungen streckten, um sich hinter uns, Stunden, Tage später, wieder zu überschaubaren Windungen zusammenzufalten. Über den von Eisblöcken starrenden und von Spalten durchzogenen Gletschern im Westen erschienen jetzt neue, noch gewaltigere Gipfel in funkelndem Weiß: die Annapurna, Göttin des Ernteüberflusses und des Reichtums, der Mittelpunkt unseres Marsches.

Rainer war in diesen Tagen verschlossen. Meist ging er allein, mal als Erster hinter Umesh, dann wieder als Letzter. Oft blieb er zurück, um zu fotografieren. Jürgen war der Einzige, mit dem er länger sprach. Nach dem Abendessen trat er bald nach draußen, stand unter dem fernen Glitzern der Sterne, bis er noch einmal zurückkam in einem Schwall von Kälte und sich stumm wieder zu uns setzte.

Elfi hatte wissen wollen, was mit ihm sei.

»Gar nichts«, hatte er wie verwundert geantwortet.

»Ist es wegen Sarah?« Rainer hatte nur den Kopf geschüttelt und niemand hatte mehr gefragt.

Umesh, diese Seele von Mensch, hatte keine Fragen gestellt. In Braga, sagte er, sei eine Telefonstation. Von dieser würde er anrufen bei dem Kontrollposten in Bahundanda. Vielleicht sei Sarah schon dort gewesen, und wenn ja, habe sie das Schwierigste hinter sich. Bis Besisahar würde sie von dort leicht kommen.

Dann, am siebten Tag, nachdem wir Katmandu verlassen hatten, kamen wir zu unserer Lodge in Braga, fast 3500 Meter hoch. Über uns die Häuser des alten Ortes, Mauern aus dunklem Felsgestein, wie Schwalbennester am Berg, und die Veranden zwischen den groben Holzbalken wie leere Augenhöhlen in der grauen Felswand. Darüber, auf einem Absatz im Fels, das Kloster und die Tempel.

Umesh hatte sein Versprechen eingelöst und mit dem Kontrollposten in Bahundanda telefoniert. Man wusste nichts von Sarah. Sie hätte sich dort melden müssen, aber was konnte man schon wissen bei Sarah? Vielleicht war sie vorbeigelaufen, ohne sich zu darum zu kümmern, was vorgeschrieben war. Vielleicht war sie noch gar nicht angekommen, hatte sich Zeit gelassen, Menschen getroffen, mit ihnen gesprochen. Das konnte dauern.

Rainer saß stumm in der Sonne, vor sich die Wanderkarte, aber er blickte nicht mehr darauf. Immer wieder hatte er sie in den letzten Tagen studiert. Es gab nichts mehr auf dem Weg um die Annapurna, was er unter den spärlichen Eintragungen neu hätte entdecken können.

Wenig später die gute Nachricht: Sarah war schon in Ngadi. In zwei Tagen war sie so weit gegangen wie wir in drei.

Rainer wie ausgewechselt!

Bald darauf traf ich Rainer und Roswitha vor der Lodge. Sie wollten zum alten Ort aufsteigen, wollten die Tempel fotografieren, das Kloster, die Häuser und die Annapurnagipfel, die von dort oben noch gewaltiger erscheinen mussten als von hier.

Was hielt mich ab, mitzugehen? Warum zögerte ich?

Warum fragte ich nicht wenigstens, ob ich mitkommen dürfe? Längst hatte ich zu den alten, geheimnisvollen Häusern gehen wollen, die von hier tot und verlassen schienen, und nichts wollte ich lieber, als das Kloster mit den Heiligtümern aus der Nähe zu sehen. Allein traute ich mich nicht.

Was fürchtete ich, wenn ich mich ihnen anschloss? Mein Gesicht zu verlieren? Oder sogar meine Eifersucht zu offenbaren?

Ich weiß nicht, auf wen ich zorniger war, auf Roswitha, die Glückliche, oder auf Rainer, der mich nicht gefragt hatte, ob ich mitkommen wolle. Sicher war es seine Idee gewesen, zum alten Ort aufzusteigen. Warum nahm er Roswitha mit und nicht mich?

Am zornigsten war ich auf mich selbst, auf meine Hilflosigkeit, meine Schüchternheit. Es war wie früher, wenn die anderen Kinder zusammen spielten und ich allein blieb. Genau wie damals stand ich abseits und blickte wortlos hinter den anderen her. Ich hatte schlichtweg nicht gelernt, wie man es anstellt, mitmachen zu dürfen, und jedes Fragen wäre gefährlich gewesen: Sie hätten nein sagen können.

Nein, ich wollte nicht wieder die ängstliche Grete sein, hier war ich Anne, und die war eine ganz andere, wollte es zumindest sein. Wofür war ich denn hier?

»Nehmt ihr mich mit?«

Die beiden drehten sich nach mir um, nicht einmal verwundert.

»Ja klar, komm doch mit«, sagte Rainer und es klang ehrlich erfreut.

Ich wusste nicht, warum ich überhaupt gezögert hatte zu fragen, war es doch offenbar eine Selbstverständlichkeit, wenn ich mitging. Mein Gesicht verlieren? Was für ein Gesicht und wieso verlieren? Mein Zorn war verflogen. Wie schnell Zorn und Freude einander abwechseln können!

»Lass dir ruhig Zeit«, sagte Rainer, als ich meinen Fotoapparat holen wollte, »wir haben es nicht eilig.«

Ich hastete die steile Stiege empor, brach vor Eile fast den Schlüssel vom Vorhängeschloss vor der Tür ab und riss meinen Fotoapparat aus dem Rucksack. Wo um Himmels willen war jetzt der Schlüssel geblieben? Ich wühlte zwischen meinen Sachen, die ich auf der Pritsche verstreut hatte, fand endlich den Schlüssel, musste noch den schweren Riegel vorschieben – er klemmte natürlich –, das Vorhängeschloss einhängen und stürmte dann die engen Stufen wieder hinunter.

Dann stand ich mit meinem Fotoapparat im kalten Schatten neben der Lodge, vor mir der alte Ort im letzten Sonnenlicht, hinter mir die eisstarrende Gletscherwelt der Annapurna. Von Roswitha und Rainer keine Spur, nicht vor der Lodge und auch nicht auf dem Weg, so weit ich ihn sehen konnte. Sie mussten schon ein gutes Stück gegangen sein, bis hinter die Biegung, wo der Weg hinter einem Mäuerchen verschwand.

»Lass dir ruhig Zeit«, hatte Rainer gesagt. Aber sie waren dann doch gegangen, während ich im Zimmer war, meinen Fotoapparat und meinen Schlüssel gesucht und mit dem Schloss gekämpft hatte. Sie mussten es mit einem Mal eilig gehabt haben. Wahrscheinlich war es Rainer selbst, der gedrängt hatte. Er war es, der ständig fotografierte. Die dunklen Schatten breiteten sich schon über die Mulden und hinter den Felsvorsprüngen aus. Bald würden sie das alte Braga erreichen. Wie sollte er dann noch fotografieren?

Ich kehrte um zur Lodge, ausgetrickst, angeschmiert, der Lächerlichkeit preisgegeben. Zum Narren gehalten hatten sie mich. Was hatte ich überhaupt hier in Nepal verloren zwischen all diesen Erdrutschen und der ewigen Nudelsuppe?

Tränen der Enttäuschung und der Wut stiegen mir in die Augen. –

Rainer kam aus der Lodge, jetzt mit seiner blauen Jacke über dem Arm.

»Da bist du ja.« Und im Näherkommen: »Du weinst ja.«

Ich schüttelte den Kopf, versuchte ein Lächeln und murmelte etwas vom kalten Wind und tränenden Augen.

Er sah mich an, lange und verwundert, bis ich verlegen wurde. Er musste es merken – bestimmt war es nicht zu übersehen –, wie mir das Blut in den Kopf stieg, und dieser Gedanke ließ mich noch mehr erröten.

Rainer schüttelte den Kopf, vielleicht noch verwirrter als ich selbst über meine offensichtliche Verlegenheit.

»Gehen wir?«

»Und Roswitha?«

Laut jubeln hätte ich mögen: Roswitha, sagte Rainer, käme doch nicht mit. Sie wolle Karten schreiben. Nachher sei es zu dunkel.

Zu zweit stiegen wir den schmalen, mit Schneematsch bedeckten Pfad empor, zu dem Ort, der aus der Nähe gar nicht tot war. Kinder hörte man, ehe man sie sah, Hunde, einen Esel.

»Du findest Sarah unmöglich?«, fragte Rainer unvermittelt.

Wie lange darf es dauern, bis eine Frage ihre Antwort findet? Wann ist die Kluft so groß, dass keine Auskunft sie mehr schließen kann? – So sag doch endlich etwas! –

Aber wie konnte ich ehrlich antworten, ohne ihn zu verletzen? Sollte ich sagen, wie unmöglich ich es gefunden hatte, wie sie ihn beschimpfte für Dinge, die er nicht zu verantworten hatte, und dass ich ihre Kritik an allem, was wir hier taten, an unserem bloßen Hiersein, nur schwer ertragen konnte? Ging es denn an, von ihm Rechenschaft zu fordern, über das, was seine Tochter tat? Sah er es vielleicht als seine Schuld, wie sie war? Was wusste ich denn über ihn als Vater, außer, dass er geschieden war? Sollte ich ihn lossprechen von einem Vergehen, das ich nicht kannte?

Ich ging still neben ihm und versuchte mitzuhalten mit den langen Schritten, die er machte. Mein Schweigen stand zwischen uns wie eine schwarze Wand.

»Die Welt wäre anders, wenn es viele Menschen gäbe wie Sarah«, sagte ich endlich.

Und als er schwieg und mich nur fragend ansah:

»Mitläufer gibt es genug, aber nicht Menschen, die gegen den Strom schwimmen.«

Hatte ich in meinem Ärger über Sarah vergessen, dass ich selbst einmal für mehr Menschlichkeit gekämpft hatte und gegen Unterdrückung und Fremdbestimmung, gegen soziale Ungerechtigkeit und gegen Mitläufertum in einer Welt der austauschbaren Marionetten, die nach der Pfeife derer tanzten, die das Geld hatten? War das, was zwanzig Jahre zurücklag, schon nicht mehr wahr? Hatte ich mir nicht – viel später noch – vorgenommen, nicht wegzusehen, wo andere es taten? Hatte Sarah nicht ausgesprochen, was ich selbst hätte sagen müssen?

Rainer fragte nicht nach. Ich spürte, auch wenn ich ihn nicht ansah, dass er mir für die Antwort dankbar war.

»Mag sein«, sagte er nach einer Pause, die noch länger gedauert hatte als mein Schweigen. »Wir haben uns daran gewöhnt hinzunehmen, was nicht uns selbst betrifft. Was zählt, ist unsere Sicherheit, unser Wohlstand und unsere Freiheit, zu tun, was immer wir tun wollen.«

Dann, beim alten Braga, Rainer wieder mit Fotoapparat.

Rainer fotografierte: die Häuser aus rohen Felsblöcken, den dunklen Pfad zwischen den Häusern, das Kloster über uns, die Gipfel der Annapurna im Gegenlicht. Ich machte auch ein paar Fotos, dann lehnte ich mich an eine sonnenwarme Hauswand und sah ihm zu: Rainer wie immer auf der Suche nach dem Punkt x, nach der Perspektive, dem Spiel von Licht und Schatten, dem Verhältnis vom Detail zum Ganzen, die die Harmonie des Bildes am vollkommensten erscheinen ließen.

»Durch das Fotografieren lernt man zu sehen«, hatte Rainer einmal gesagt.

Oft fotografiere ich, anstatt zu sehen. Aber ich brauche die Bilder. Sie helfen, meine Erlebnisse mit anderen zu teilen, auch wenn Fotos niemals die Wirklichkeit zeigen. Es fehlt das Wesentliche. Es fehlen die Gerüche und die Geräusche, es fehlen die Kälte und die Hitze, es fehlt der Wind. Es fehlt, was hinter mir und neben mir ist. Es fehlen meine Gefühle.

Ich sah Rainer in der warmen Sonne vor dem Dorf stehen, das Teleobjektiv auf die menschenleere, todbringende Eiswüste der Gletscher gerichtet. Eigentlich ist sein Foto eine Lüge, dachte ich. Es zeigt nicht das, was wir erleben. Dann drehte sich Rainer um zu mir und richtete den Fotoapparat auf mich.

»Anne, du siehst hübsch aus«, rief er, als er meine Verlegenheit bemerkte. Ich mühte mich, mein gekünsteltes Lächeln und meine linkischen Bewegungen zu vergessen, und versuchte, nur an mein Glück zu denken, dass ich hier war, allein mit Rainer, und dass er mich fotografierte mit derselben Hingabe wie alles, was ihn faszinierte.

Über uns kichernde Kinderstimmen vom flachen Lehmdach des Hauses. Rainer, mit Fotoapparat vor der Brust, trat zu dem halben Baumstamm, der mit der Rundung nach hinten an der Hauswand lehnte, und begann, Fuß für Fuß in die Kerben zu setzen, die als Stufen in den Baumstamm hineingeschlagen worden waren.

»Kommst du mit?«

Was für eine Frage! Was hätte ich anderes tun wollen, als ihm zu folgen? Aber es war nicht einfach, die Schuhspitzen in die dürftigen Kerben zu setzen, um die Leiter emporzusteigen. Und außerdem: Was hatten wir auf einem fremden Haus zu suchen? Dann standen wir nebeneinander auf dem harten Lehm des Daches, umgeben von einem Wall aus Brennholz, vor uns die feixenden Kinder.

»Pen, please.« Wir hatten nichts dabei, was wir ihnen hätten schenken können. Sie konnten es nicht fassen und bedrängten uns mit enttäuschten Gesichtern. »Pen, please!«

Auf dem Dach die nächste Leiter an einer Hauswand. Ich folgte Rainer, der höher stieg. Außer den Kindern, die uns begleiteten, war kein Mensch zu sehen. Dann wieder eine Leiter, es schien ein richtiger Weg zu sein, von Dach zu Dach, ein Labyrinth von Stiegen, immer aufwärts, bis wir endlich vor dem Kloster standen. Ein alter Mann mit nackten, dünnen Beinen, das Gesicht dunkel und verwittert wie das Felsgestein ringsum, hockte neben der Tür in der Sonne. Ob wir den Tempel ansehen wollten, fragte er uns auf Englisch, ohne Verwunderung über unser Erscheinen.

Und ob wir wollten. Wir traten ein – ohne Schuhe, wie uns der Alte geheißen hatte – ins Dämmerlicht, vorbei an den Fratzen der Dämonen in den Nischen hinter dem Eingang, die hier wachten, bedeckt mit dem Staub der Jahrhunderte. Dann traten wir staunend vor den goldenen Buddha, der über uns thronte, gewaltig und überirdisch leuchtend im gelben Licht des einzigen Fensters im Raum. Wir standen beieinander, ohne zu sprechen, ergriffen von der Vollkommenheit und Würde der Statue, bis uns der Alte bedeutete, wieder zu gehen.

Draußen zeigte er uns einen schmalen Pfad, der abwärts führte. Die Leitern würden uns erspart bleiben.

»Gehst du schon?«, fragte Rainer, als ich mich der steilen, dunklen Lücke zwischen den Häusern zuwandte.

Und als ich zögerte:

»Anne, bleib noch. Du kannst meine Jacke haben.«

Rainers Jacke brauchte ich nicht. Mir war nicht kalt. Wir blieben nebeneinander auf dem flachen Lehmdach vor dem Tempel stehen und blickten auf die übereinander geschachtelten Dächer unter uns, graue Rechtecke vor braunem Fels, jetzt ohne Sonnenlicht. In diesen langen Minuten sehnte ich mich nach Zärtlichkeiten mit einer quälenden Heftigkeit, aber ich wagte nicht, den ersten Schritt zu tun. Wusste ich denn, ob Rainer mich nicht zurückweisen würde?

»Anne, sieh mal dort.« Hohe dunkle Wolken waren von Westen über die Gletscher der Annapurna gezogen und verwandelten das schimmernde Blau des Eises in ein gespenstisches Türkis. Wir standen lange – ohne Berührung – und blickten auf die Wolken, die die Sonne verschluckten und bald den ganzen Himmel bedeckten. Um uns her war es trüb geworden, schmutzig grau, und über den Gipfeln quollen jetzt Wolken wie Rauchfahnen aus riesigen Vulkanen.

Dann hatte ich doch gefragt nach Sarahs Mutter.

Sarahs Mutter sei schon lange tot, sagte Rainer, und er sagte es so, dass ich nicht wagte, Fragen zu stellen. Sein Tonfall, sein Gesicht verboten es mir. Nur so viel wusste ich jetzt: Die Frau, von der er seit zwei Jahren geschieden war, konnte nicht Sarahs Mutter sein. Hätte ich nicht schon jetzt etwas ahnen müssen?

»Komm«, sagte er, »reden wir nicht.«

»Tja«, sagte ich.

Rainer stand neben mir im Wind, der plötzlich stärker blies, und jetzt lehnte ich mich doch an seine Schulter. Er legte den Arm um mich, zog mich fester an sich und ich spürte seinen Körper, seine Wärme. Ich wendete ihm mein Gesicht zu – meine Stirn berührte sein Kinn –, aber wir küssten uns nicht.

Zu sagen gab es nichts.

Später war es Rainer, der sich zum Gehen wandte.

Wortlos stiegen wir abwärts. Sein Schweigen beunruhigte mich jetzt. War ich zu weit gegangen mit meiner Frage? Hätte ich meine Neugierde besser zügeln sollen? Aber Rainer schien nicht verstimmt zu sein. Als ich einmal ausrutschte auf dem steilen Pfad, der zwischen den Häusern noch mit Schnee bedeckt war, nahm er lächelnd meinen Arm. Er hielt mich auch noch, als der Weg wieder ebener wurde – keine Gefahr mehr auszurutschen –, und ließ mich erst wieder los, als wir die Lodge erreicht hatten.

Es dämmerte schon, als wir eintraten. Niemand sah uns kommen.

Am Abend Stromausfall wie üblich. Wir aßen in Eiseskälte bei Kerzenlicht. Roswitha wieder an Rainers Seite. Es störte mich nicht. ›Es stört mich nicht mehr‹ – so dachte ich jedenfalls.

Nach dem Essen gab es wieder Licht, aber außer mir hatte niemand ein Buch dabei, also redeten sie, vor allem Elfi und Roswitha. Immer wieder dasselbe. Wie jeden Tag. Es wurde nicht besser, nur schlimmer. Ich mochte es nicht mehr hören. Ich ging ins Zimmer und versuchte zu lesen, im Schlafsack auf meiner Pritsche liegend, mit Stirnlampe. Meine Hand, die das Buch hielt, wurde starr vor Kälte. Ich gab auf und ging wieder nach unten.

Rainer lachte mit Roswitha. Kein Blick für mich. Ich

weiß nicht, ob er überhaupt bemerkt hatte, dass ich zwischendurch gegangen war. Hast du denn schon vergessen, wie wir nebeneinander gestanden haben, wie du den Arm um meine Schulter gelegt hast, wie du mich gehalten hast, damit ich nicht falle?

Wir gingen früh zu Bett. Zum Schlafen zog ich mich nicht aus, nur die Stiefel, sonst behielt ich alles an und kroch schlotternd vor Kälte in meinen Schlafsack.

Noch drei Nächte bis zum Pass. In den nächsten sechsunddreißig Stunden sollte sich entscheiden, wer zum Pass weitergehen würde.

»Wenn Sie gesund und fit sind, können Sie den Thorong-Pass angehen. Andernfalls führt Sie ein Sherpa sicher auf dem Anmarschweg zurück«, so hatte es im Heft des Reiseveranstalters geheißen. Noch fühlte ich mich gesund und fit.

Aber wenn Rainer umkehren müsste?

Und waren nicht die dichten Wolken ein schlechtes Omen für den Pass? Hatte sowieso niemand von uns eine Chance, weil das Wetter umschlagen würde?

Die vielen Kranken in unserer Unterkunft machten mir Sorgen: die beiden Engländer, die höhenkrank bis hierher abgestiegen waren. Der Mann aus Chicago, der Tag und Nacht nicht aufhörte zu husten. Der Italiener mit den eiternden Wunden an den Händen. Dazu der Geruch nach Durchfall und Erbrochenem auf der Toilette.

Dann war da noch die blasse Frau aus Israel mit den kurzen schwarzen Haaren, die kein Essen zu sich nahm, weil sie nichts bei sich behielt.

# 13

Schwarze, streichholzlange Haare hatte auch die junge Frau gehabt, die blass und übernächtigt an einem glutheißen Augusttag vor meiner Haustür stand, ein mageres Kind auf dem Arm, blass wie sie, aber lächelnd im Schlaf.

»Kennst du mich nicht mehr?«

Ich erinnere mich nicht, ob sie erschreckt war über meine Bestürzung, meine Verwirrung, meine Fassungslosigkeit. Später dachte ich, vielleicht war sie froh, dass selbst ich sie nicht mehr erkannt hatte, sie, Madeleine, wo wir uns doch erst zwei Monate zuvor begegnet waren, miteinander gesprochen hatten, uns verabredet hatten sogar.

Ich wich zurück, betreten und erschreckt, während sie eintrat in meine Wohnung, ihre Reisetasche abstellte, sich dann umsah und ihr Kind niederlegte, mit Schuhen auf den hellen Bezug aus Segeltuch von meiner Couch.

Ich schloss die Tür hinter uns.

Den Anlass ihres Kommens, diese Ungeheuerlichkeit, erzählte sie wie eine Banalität, als gäbe es nichts, was natürlicher sei.

Einen Wecker hatte sie gekauft.

»Ja und? Was weiter?«

Erinnert hatte er sich an sie. Er, der Verkäufer, hatte sie, die Frau, die den Wecker gekauft hatte, beschreiben können.

»Und? Warum nicht?«

Nur eine Frage der Zeit sei es, bis jemand sie erkenne

auf der Phantomzeichnung, die überall in Berlin auf den Polizeiwachen hing.

»Bist du sicher, dass wir nicht abgehört werden?«, fragte sie plötzlich.

Ich sah sie verständnislos an.

»Wieso abhören? Hier wird niemand abgehört.«

»Verstehst du denn nicht? Der Wecker für die Bombe bei der BVG. Für den Zeitzünder.«

»Bombe? BVG?«

»Na, der Anschlag auf die Berliner Verkehrsgesellschaft, auf die Schwarzfahrerkartei.«

Plötzlich verstand ich. Tote hatte es nicht gegeben, ich erinnerte mich, auch keine Verletzten. –

Das war es, was sie in Berlin nicht hatte sagen wollen, nicht hatte sagen können: Madeleine war eine Terroristin, eine von denen, die Bomben hochgehen ließen. Die RAF fiel mir ein, der Mord an dem Bankier Jürgen Ponto. Kaum mehr als zwei Wochen waren seither vergangen und der Schock war noch längst nicht überwunden.

Nein, mit der RAF habe sie nichts zu tun, niemals würde sie sich bei denen beteiligen. Deren Strategie sei sowieso grundverkehrt. Es sei viel zu offensichtlich, wer beteiligt sei. Warum sonst säßen die meisten jetzt im Knast? Und Mord sei für sie selbst ohnehin kein Mittel, die Gesellschaft zu verändern.

»Wir kämpfen um das Bewusstsein der Menschen, nicht um die Macht.«

Und als ich immer noch schwieg:

»Dass man sich wehren muss, wenn man nicht untergehen will, das wirst du doch verstehen!«

Ich verstand gar nichts.

»Und jetzt?«, fragte ich.

»Hast du nicht gesagt, dass ich dich besuchen soll? Da bin ich nun.«

Hätte ich nicht gleich zur Polizei gehen müssen? Machte ich mich nicht schon damals mitschuldig, indem ich sie in meine Wohnung aufnahm? Hätte ich sie nicht wenigstens abweisen müssen, wenn ich sie schon nicht anzeigte?

Ich ließ sie bei mir wohnen mit ihrem Töchterchen, das an diesem Tag zwei Jahre alt geworden war. Was hätte ich denn anderes tun können? Wenn ich überhaupt jemals eine Freundin gehabt hatte, dann war es doch Madeleine.

Wir arrangierten uns. Madeleine zog mit ihrer Tochter in mein Schlafzimmer, ich schlief im Wohnzimmer auf der Couch. An die stinkenden Windeln in meinem Mülleimer gewöhnte ich mich ebenso wie an Wackelente und Stofftiere, über die ich stolperte, auch an Berge von Holzklötzen und Bilderbüchern, die Madeleine von irgendwo herbeischleppte. Woran ich mich nicht gewöhnte, war der kalte Zigarettenrauch in meiner Wohnung, wenn ich abends nach Hause kam, und die Kippen in den Blumentöpfen. Ich hatte Madeleine niemals rauchen sehen. Als ich sie zur Rede stellte, zuckte sie nur mit den Schultern.

Drei Wochen, vielleicht auch vier, mögen so dahingegangen sein bis zu dem Augenblick, an dem sich alles veränderte. – An diesem Tag hatte ich zwei Stunden am Nachmittag eingeplant für das Interview mit einem jungen und den Ankündigungen nach überaus begabten Pianisten. Der aber wollte lieber für sein Konzert im Kuppelsaal der Stadthalle üben, als mit mir zu reden. Mit ein paar Entschuldigungen hatte er mich schon nach drei Minuten wieder vor die Tür gesetzt. Ich ärgerte mich, hatte auch nichts Wichtiges mehr zu tun und ging früher aus der Redaktion nach Hause als gewöhnlich. Als ich vor meiner eigenen Wohnungstür stand, musste ich klingeln, nicht etwa, weil ich meinen Schlüssel vergessen hatte. Nein, den hatte ich bei mir. Ich konnte die Tür nicht öffnen, weil von innen ein Schlüssel steckte.

Madeleine öffnete auf mein Klingeln, erregt, wie ich sie nie zuvor gesehen hatte, mit roten Flecken im Gesicht. Die Tochter auf ihrem Arm weinte, aber das schien nicht der Grund für die Erregung zu sein. Sie beachtete die Kleine gar nicht.

»Besser, du gehst wieder«, sagte sie zu mir. »Ich will dich da nicht mit reinziehen.«

Aber ich hatte sie beiseite geschoben und war eingetreten. War das noch meine Wohnung? Die fremde Männerjacke und der weiße Lackledermantel auf dem Stuhl im Flur, der Zigarettenrauch, das plärrende Radio. Was am schlimmsten war: das Geschrei streitender Stimmen im Wohnzimmer von Menschen, die ich nicht kannte. Ich kann Streit nicht mehr ertragen. Zu lange Jahre hatte ich keine andere Wahl. Ich war ihm ausgeliefert gewesen, wehrlos und ohnmächtig.

Madeleine hatte mir den Weg zum Wohnzimmer verstellt.

»Da gehst du nicht rein.«

»Um Gottes willen, Madeleine, was tust du hier in meiner Wohnung?«

»Geh wieder«, beschwor sie mich. Und noch einmal: »Geh wieder oder geh in die Küche – oder, wenigstens, dreh dich um.« Und als ich mich nicht rührte, unfähig zu begreifen, was hier geschah, noch beschwörender:

»Dreh dich bitte um.«

Ich konnte nicht anders als zu gehorchen.

Für einen kurzen Augenblick wurden die Stimmen lauter, verstummten dann plötzlich, bis die Wohnzimmertür ins Schloss fiel. Gleich darauf hörte ich das Kratzen des sich drehenden Schlüssels, ein schreckliches, endgültiges Geräusch. Sie hatten mich ausgesperrt!

Ich trat näher, um zu lauschen, behutsam wie ein Dieb, aber jemand hatte das Radio lauter gedreht und die Nachrichten übertönten ihre Stimmen. Dann begann einer zu schreien, weil eine Frau etwas gesagt hatte, was nicht zu verstehen war. Vielleicht war das Madeleines Stimme gewesen, vielleicht war sie das, die der andere niederschrie, aber ich verstand nur ein paar Fetzen: Von Kampf war die Rede, von Guerilla ... in Gewitternähe Gefahr von Sturmböen ... von Widerstand und Gewalt. Anbiedern und Halbherzigkeit hörte ich noch, den Rest übertönte der Wetterbericht. Vorsichtig versuchte ich, noch ein paar Worte herauszuhören aus dem, was sie sprachen, aber die Stimmen waren wieder ruhig und vielleicht hatte das Schreien gar nicht Madeleine gegolten. So schlich ich endlich in die Küche, wieder das hilflose, schwache Kind, ausgeschlossen und entmündigt, meines eigenen Wohnzimmers beraubt, durch Menschen, die ich nicht kannte und über deren Absichten ich nichts wusste. Ich hätte mich wehren müssen, mein Recht geltend machen, die Eindringlinge vertreiben! Ich hätte wenigstens wütend sein müssen!

Aber ich hatte nur Angst.

Später floh ich aus der Wohnung. Ich hielt sie einfach nicht mehr aus, die Spannung und die Bedrohung, die in jeden Winkel meiner Wohnung hineingekrochen waren und mir keine Luft zum Atmen mehr ließen.

Ob sie bewaffnet waren?

Ziellos war ich an diesem schwülen Nachmittag durch die Straßen gelaufen, allein, ohne jemanden zu treffen, ohne jemanden zu suchen.

Und wenn ich jetzt zur Polizei ging?

Woher wussten sie, dass ich es nicht tun würde?

Es gab niemanden, mit dem ich hätte sprechen können. Irgendwann fand ich mich in einem Kino wieder. Ich habe längst vergessen, welchen Film es gab. Vielleicht habe ich es nie gewusst. Ich sah die Bilder, aber sie formten sich nicht zu einer Handlung. Meine Gedanken waren bei denen, die mir meine Bleibe genommen hatten.

Erst viele Stunden später war ich zurückgekommen, voller Angst und mit der Ahnung einer Katastrophe, die sich ereignet haben mochte, während ich fort war. Aber da war nichts, nicht die geringste Spur eines Unglücks. Sie waren gegangen. Alle, auch Madeleine und ihre Tochter. Nur der Zigarettenrauch hing noch in der Wohnung, auf dem Teppich lag Asche. Nichts sonst hatte sich verändert.

Ich wartete voller Unruhe, eine Stunde, vielleicht auch zwei. Erst nach den Spätnachrichten ging ich zu Bett. Madeleine war nicht zurückgekommen. Die fehlende Reisetasche bemerkte ich erst am nächsten Morgen.

Als ich an diesem Tag von der Arbeit kam, empfing mich meine Wohnung mit einer unbewohnten, kalten Leere. Sicher fehlte nichts, was mir gehörte, zumindest vermisste ich nichts. Woran es mangelte, war das heillose Durcheinander von Klötzchen und Bällen, von Kinderschuhen, Bilderbüchern, Lätzchen und Strümpfen. Das Bad: öde und leer, ohne Windelkarton und Gummitiere, ohne Madeleines Fläschchen, Tuben und Döschen. Wären nicht die Windeln im Mülleimer gewesen, ich hätte daran gezweifelt, dass Madeleine und das kleine Mädchen gestern noch bei mir gewesen waren. Ein Lebenszeichen von ihr fand ich, erst Stunden später, auf der Garderobe neben alten Briefen.

»Ich melde mich«, hatte sie auf einen Zettel geschrieben. Das war alles. Wo sie wohnte in dieser Zeit, habe ich niemals erfahren.

In den folgenden Tagen hatte ich schlichtweg Angst, Angst vor der Polizei, vor diesen Leuten, die bei mir gewesen waren, vor dem, was sie taten. Meinen Wohnungsschlüssel hatte Madeleine mir nicht zurückgegeben.

Tage nach ihrem Verschwinden hatte sie bei mir angerufen:

»Grete, wir brauchen dich.«

Mich brauchen? Wofür? Warum ausgerechnet mich? Und wer ist wir? Wer anderes konnte gemeint sein als die Menschen, die mit erregten Stimmen hinter verschlossener Tür in meinem Wohnzimmer gestritten hatten, die Asche auf meinen Teppich gestreut und ihre Kippen in meine Blumentöpfe gesteckt hatten?

»Du bist doch Journalistin. Wir brauchen dich. Du musst für uns schreiben.«

Hatte sie nicht gesagt, dass sie mich da nicht mit hineinziehen wollte?

Heute weiß ich, warum ich nicht Nein gesagt habe: weil es weniger Mut erforderte mitzumachen, als Madeleines Wünschen zu widerstehen. Wie hätte ich ihr denn etwas abschlagen können? Und überhaupt: Ich wollte dabei sein, endlich einmal. Zu oft hatte ich abseits gestanden. Dass Madeleine, dass auch die anderen mich brauchten, erfüllte mich mit einer stillen Freude. Haftete an mir nicht der Makel, dass ich nie wirklich dazugehört hatte, wenn andere sagten ›wir‹? Wie sehr hatte ich mir das früher einmal gewünscht!

Früher einmal, das war auch der Tag meines mündlichen Abiturs gewesen, der Tag, an dem Benno Ohnesorg beerdigt wurde. Nie werde ich den Namen vergessen, nie seinen Tod am 2. Juni 1967, erschossen, ein argloser Demonstrant gegen den Schah von Persien und das Unrecht, das in dessen Land geschah, einer, der bislang nie aufgefallen war, einer wie ich, einer wie viele andere. Und der Schuss aus der Pistole eines Polizisten hatte nicht nur den einen Studenten in den Kopf getroffen. Er hatte mich und mit mir eine ganze Generation von Studenten getroffen.

»Dass man sich wehren muss, wenn man nicht untergehen will, das wirst du doch verstehen.« War Madeleines Satz mir nicht schon damals ganz nahe gewesen?

Irgendwann an diesem Tag hatte ich meine Klassenkameraden verlassen und war zur Technischen Hochschule gegangen. Auf der Freitreppe vor dem Gebäude standen Studenten mit schwarzen Fahnen zwischen den beiden bronzenen Löwen. Eine Weile blieb ich in ihrer Nähe stehen. Ich traute mich nicht, zu ihnen zu treten und mit ihnen zu sprechen, nicht einmal, die wenigen Stufen hinaufzugehen, um ihren Worten zu lauschen. Ich kannte niemanden und noch niemals hatte ich dieses ehrwürdige Bauwerk oder auch nur die Treppe betreten. Ich fühlte mich nicht zu ihnen gehörig. Dieses Außenseitergefühl hatte ich ja nicht zum ersten Mal, aber so bitter, so quälend war es noch nie gewesen. Nach einer Weile ging ich weiter durch die Straßen, allein auch an diesem besonderen Tag, immerhin dem Tag meines Abiturs, und weinte mit einer seltsamen Trauer, als hätte ich in dem Erschossenen einen guten Freund verloren.

Madeleine hatte am Tag nach ihrem Anruf in meiner Wohnung auf mich gewartet. Sie saß mit ihrem Töchterchen auf meinem Sofa, strahlend über meine Überraschung wie damals in Berlin, als sie meinen Platz auf dem Dampfer eingenommen hatte. Auf dem Tisch lag der Entwurf eines Textes für eine Zeitschrift, deren Titel ich nie zuvor gehört hatte.

»Nun zeig mal, was du kannst«, hatte sie zu mir gesagt.

Zwei oder drei Stunden später war der Text fertig.

*Seit Jahren werden in den Großstädten rücksichtslos die Fahrpreise erhöht. Wo Zehntausende dagegen auf der Straße kämpften, wurden in der Folge alle Versuche einer Mobilisierung über die Linke hinaus von der Staatsgewalt militärisch zunichte gemacht. Demonstranten wurden zusammengeknüppelt und mit Wasserwerfern angegriffen, Flugblattverteiler festgehalten und in München sogar in Untersuchungshaft genommen. Wir meinen, dass es höchste Zeit wird, dort anzugreifen, wo wir täglich getroffen werden. Das sind die täglichen massenhaften Fahrkartenkontrollen auf dem Hintergrund von Fahrpreiserhöhungen bis zu 50 Prozent, die sich vor allem gegen diejenigen wenden, die sich ihnen am wenigsten entziehen können, weil sie kein Auto haben und mit Bus oder Straßenbahn zur Arbeit, zur Schule oder zum Einkaufen fahren müssen. Dem Moloch Auto wird so lange gehuldigt, bis jegliche Alternative undenkbar und der Wagen zum unentbehrlichen Bestandteil des Lebens geworden ist. Die »alltäglichen« Nebenerscheinungen: 15 000 Verkehrstote jedes Jahr und 500 000 Verletzte, verwüstete Städte, die nach dem Grundsatz der Befahrbarkeit, aber nicht nach dem der Bewohnbarkeit geplant werden, und statt der Freiheit, die dem Besitzer eines Autos versprochen wird, totale Abhängigkeit. Es ist nicht unsere Absicht, die Verkehrsbetriebe sinnlos zu zerstören. Busse und Bahnen sollen ungehindert fahren, aber umsonst!*

*Mit dem Ende des »deutschen Wirtschaftswunders« und dem immer unverschämteren Klau aus unseren Haushaltskassen geht ein neues »Wirtschaftswunder« einher, das Wirtschaftswunder der Parasiten dieses Systems: des Kontroll-, Bespitzelungs- und Überwachungsapparates.*

*Unser »Bömbchen« bei der BVG wird diesen Apparat*

*vorerst nicht zerstören können. Es ist nur ein kleiner Schritt im Kampf gegen das unmenschliche System – aber eine Ermutigung für die Hunderttausende, die täglich schwarzfahren.*

*Wir werden die Kämpfenden Kollektive als Keimzelle einer neuen Gesellschaft weiter aufbauen und vermassen!*

*Wir werden viele Revolutionäre Zellen schaffen!*

Revolutionäre Zellen, zu denen gehörte sie also und in deren Namen hatte ich den Text geschrieben. Kontroll- und Bespitzelungsapparat, Parasiten des Systems und Kämpfende Kollektive, das war nicht meine Sprache, das waren Worte, die ich nie zuvor gedacht, gesagt oder geschrieben hatte. Trotzdem war es mein Text und ich war stolz darauf, wie immer, wenn ich glaubte, die richtigen Sätze zu Papier gebracht zu haben.

Und: Waren mir denn diese Gedanken wirklich so fremd? War ich nicht selbst einmal eine von denen gewesen, die vor Wasserwerfern und Polizeiknüppeln davongerannt waren?

Es war mir nicht wirklich ernst gewesen, damals, vor ein paar Jahren, als ich gegen Fahrpreiserhöhungen auf die Straße gegangen war. Ein Volksfest, eine Gaudi mit Nervenkitzel, ein berauschender Akt der Solidarisierung war es gewesen, ein Katz-und-Maus-Spiel mit den hilflosen Trupps von Polizisten, die Jagd auf die Demonstranten machten. Nein, ohnmächtig hatte ich mich an diesen Abenden nicht gefühlt. Ganz im Gegenteil. Daran hatten nicht einmal die Wasserwerfer und die Polizeifahrzeuge mit den meterhohen Räumgittern etwas ändern können. ›Wir‹ war der Gedanke, der uns beherrschte, wir stehen zusammen, wir helfen einander, auch wenn Bahnen und Busse nicht mehr fahren.

›Kampf gegen das System‹, wie fremd war mir der Gedanke in dieser Zeit noch gewesen. Nie hatte ich in der ersten Reihe gestanden, niemals einen Stein in die Hand genommen, nicht einmal gegen ein Polizeifahrzeug getreten. Trotzdem hatte ich damals zum ersten Mal etwas von der Faszination und der Macht revolutionärer Gewalt gespürt. Das Gefühl der Ohnmacht aus den Tagen, als die tödlichen Schüsse auf Benno Ohnesorg fielen, die Trauer, die Verzweiflung, die Hilflosigkeit hatte ich zu dieser Zeit vergessen.

Dass ich mich wehren muss, wenn ich nicht untergehen will ... Hätte ich das nicht schon vor Jahren verstanden haben müssen?

# 14

Während dieser kalten Nacht in unserer Lodge in Braga sah ich Madeleine lebend. Vielleicht war es ein Traum gewesen, vielleicht lag ich wach, als ich das blasse Gesicht und die kurzen schwarzen Haare vor mir sah. An die kranke Frau aus Israel hatte ich gedacht, aber es war Madeleine, die zu mir gekommen war. Ich sah sie vor meiner Tür stehen mit ihrem Töchterchen auf dem Arm. Dann dachte ich sie mir, wie ich sie niemals gesehen hatte: Ich sah sie liebevoll ihr Kind trösten, weil es sich wehgetan hatte, ich lauschte dem Backe-Backe-Kuchen und dem Hoppe-Hoppe-Reiter, ich hörte sie mit ihrer rauen, dunklen Stimme Gute-Nacht-Geschichten erzählen. Und das kleine Mädchen in meinem Bett drückte seinen Teddy an die heiße Wange, wenn in den Märchen Feen und Kobolde erwachten. Ich lag auf meiner Pritsche und wagte kaum zu atmen, um die Kleine nicht zu wecken, die lächelnd eingeschlafen war und von einer Welt voller Farben träumte, die den Tod nicht kennt. Ich habe niemals erfahren, ob es in ihrem Leben je einen Menschen gegeben hat, der ihren Kummer linderte, wenn sie traurig war, der ihr Geborgenheit gab in der Kälte der Verlassenheit und Schutz vor der Verzweiflung in der Einsamkeit. Vom Vater ihrer Tochter hatte Madeleine nie gesprochen.

Der nächste Morgen erstrahlte in einer durchsichtigen Klarheit, die Wolken hatten sich aufgelöst. Zähneputzen mit Gletscherbrille vor der Lodge im gleißenden Licht der Morgensonne unter den Eisbrüchen der Annapurna. Die Wasserstelle: eine spiegelglatte Eisfläche. An Waschen war nicht zu denken. Roswitha kam mit Handtuch und Seife.

»Das Waschen lass besser bleiben«, hatte ich zu ihr gesagt. War es meine Schuld, dass sie meinen Rat nicht befolgte?

Das Unglück kam schneller, als wir es begreifen konnten, Rainer, der auf uns zukam, und ich, die ich Roswitha am nächsten war. Ich hatte nicht gesehen, was geschehen war, nur den dumpfen Schlag des Aufpralls gehört. Dann ihr schlaffer Körper auf dem Eis.

Ich kniete vorsichtig neben ihr auf dem Eis – bloß nicht auch noch stürzen! – und rief ihren Namen, als wollte ich eine Schlafende erwecken. An meiner Hand, die ich unter ihren Kopf geschoben hatte, fühlte ich, warm und klebrig, Blut!

»Rainer, um Himmels willen, tu doch etwas!«

Rainer ließ sich nieder auf dem Eis, langsam und ohne Aufregung.

»Roswitha, Roswitha!«

Mein Gott, war das alles, was er für sie tun konnte? Das Blut auf dem Eis und an meinen Händen, ihre wächserne Blässe, aber er rief nur ihren Namen und fühlte ihren Puls!

»Tu doch was, du bist doch Arzt!«

War es Rainers Nähe, die Roswitha aus ihrer todesgleichen Bewusstlosigkeit zum Leben erweckte? Sie hob die Lider mit schläfrigen Augen und fremdem Blick. Was sie sagte, war nicht zu verstehen.

Rainer richtete sich auf und zog Roswitha vom Eis in den Schnee neben der Wasserstelle. Ich griff unter ihre Arme und hob sie an, ehe Rainer es tun konnte.

»Wir können sie doch nicht hier liegen lassen!«

Ihr Kopf lag an meiner Brust und das Blut tropfte von ihrem Hinterkopf auf meine Hose. Für Rainer blieben nur ihre Beine. Wir trugen sie. Ich war schon außer Atem, bevor wir die Lodge erreicht hatten. Roswitha sank immer tiefer in meinen Armen, ich konnte sie kaum noch halten. Ihr Kopf war längst nicht mehr an meiner Brust. Warum half sie denn nicht! Ich sah an ihren flatternden Lidern, dass sie nicht mehr bewusstlos war. Ich wurde immer langsamer. An der Treppe musste ich aufgeben.

»Das schaffe ich schon«, sagte Rainer, nahm sie in seine Arme und hob sie auf wie ein Kind. Und sie, die gerade noch schlaff und bewegungslos in meinen Armen gehangen hatte, umfasste Rainers Hals und hielt sich fest! In ihrem Zimmer ließ er sie auf die Pritsche gleiten. Mich schickte er weg. Seinen Rucksack mit dem Verbandsmaterial sollte ich holen. Im Flur und auf der Treppe dunkle Blutstropfen auf dem staubigen Boden.

Als ich wiederkam, saß Rainer auf dem Rand der Pritsche und streichelte Roswithas schlaffe Hand. Rainer der Samariter. Er gefiel sich in dieser Rolle. Elfi kam, dann Umesh und Jürgen und umringten uns mit neugierigem Schrecken, als er die Platzwunde versorgte.

Rainer urteilte: Eine Gehirnerschütterung, keine schwere, aber Weitergehen sei nicht möglich, jedenfalls nicht jetzt, nicht heute und auch nicht morgen. Zwei, vielleicht auch drei Tage Bettruhe seien ausreichend, dann könne Roswitha wieder laufen, aber nicht zum Pass, das sei zu anstrengend, und die große Höhe sei nicht gut für sie. Besser, sie ginge zurück, wir hätten ja zwei Bergführer, das sei also kein Problem. Sicher sei es traurig für Roswitha, doch nicht zu ändern.

»Gut, dass nicht noch mehr passiert ist.«

Roswitha brach in Schluchzen aus, nichts sei so wichtig wie der Pass, aber Rainer blieb hart, auch Umesh ließ nicht mit sich reden. Kazi würde bei ihr bleiben, vielleicht käme noch jemand von uns zurück, vielleicht würden nicht alle die Höhe in Yak Kharka vertragen. Gemeinsam würde man dann den Weg zurückgehen, den man gekommen war.

Umesh schob uns aus dem Zimmer, nur Rainer blieb auf Roswithas Pritsche sitzen. Er hielt wieder ihre Hand – als wenn das ihrer Genesung nützen könnte! Trotzdem: Innerlich triumphierte ich. Zu viert würden wir schon heute Abend sein. Elfi und Jürgen, Rainer und ich. Wenn nur der stechende Schmerz in meinem Kopf nicht wäre. Bloß jetzt nicht höhenkrank werden! Umkehren wollte ich um keinen Preis. Der Pass schien mir noch wichtiger als in den Wochen und Monaten zuvor. Ich machte mir nichts vor. Es war nicht allein mein Ehrgeiz, der mich zwang weiterzugehen.

Wir gingen ohne Rainer! Bis zum Mittag wollte er bei Roswitha bleiben. Wenn es ihr dann gut ginge, würde er mit einem der Träger folgen. Und wenn nicht? Er würde kommen! Ich ging langsam am Ende der Gruppe und versuchte die unnützen Zweifel beiseite zu schieben.

Wo die Sonne den Weg beschien, war der Schnee weggetaut. Statt Schneeglätte jetzt Matsch: grauer Matsch, gelber Matsch, Matsch mal schwarz wie Kohle, mal schokoladenbraun, aber immer Matsch. Aus einem Haus am Weg hörten wir Trommeln und den scheppernden Klang einer Glocke: Totenklage für einen Verstorbenen. Der Matsch war jetzt gelb wie Wüstensand.

Am Nachmittag erreichten wir unser Ziel Yak Kharka in viertausend Meter Höhe. Im Norden erhob sich das gewaltige Massiv der Annapurna, ein eisbedeckter Gipfel neben dem anderen, glänzend wie Kristalle vor einem tiefblauen Himmel. Eine Welt leuchtend und drohend zugleich, eine diamantene Welt, in der sich der Blick verlor. Ich stand und staunte.

Später ging ich in mein Zimmer, rollte meinen Schlafsack auf einer der beiden Pritschen aus und richtete alles für die Nacht. Noch war ich allein im Zimmer, noch war die zweite Pritsche leer.

»Nein, es stört mich nicht«, hatte ich zu Umesh gesagt, als er die Zimmer verteilte. »Kein Problem, mit Rainer in einem Zimmer zu übernachten. Das Natürlichste von der Welt. Schließlich sind wir erwachsen.«

Dabei einmal mehr die flammende Röte in meinem Gesicht, ich spürte es, ohne in einen Spiegel zu sehen.

Später ging ich nach unten zu den anderen. Rainer war noch immer nicht gekommen. Draußen hatte sich die Dämmerung schon über dem Tal ausgebreitet und die letzten Strahlen der tief stehenden Sonne tauchten die Berge in ein blutiges Rot.

Elfi redete. Sie durchbohrte mich mit ihren Bemerkungen, mit ihren Fragen und ihre Worte spießten meine Gedanken auf, mein Bangen, meine Unruhe.

»Du bist so nervös«, stellte sie fest. Später wollte sie wissen, ob ich wohl schlafen könne, heute Nacht. Dann ihre Bemerkung, Rainer wisse ja noch gar nicht, was ihn erwarte. Vielleicht sei es ihm gar nicht recht mit mir in einem Zimmer.

Als ob ich über ihn herfallen würde!

Und Jürgen, der sonst immer schwieg, wenn Elfi redete, schob sein Bierglas zur Seite und ergriff das Wort, ehe mir einfiel, was ich ihr hätte entgegnen können.

»Ich glaube«, hob er an und Elfi tat nichts, um ihn zu unterbrechen. »Ich glaube, du machst dir unnötige Sorgen.« Das war alles, was er zu ihr sagte. Damit versank er wieder in seine eigenen Gedanken und überließ es uns zu verstehen, was er gemeint hatte.

»Keine unnötigen«, hatte Elfi erwidert, »aber warum wird immer nur die Frau gefragt, wenn es darum geht, unterwegs das Zimmer zu teilen, warum nie der Mann, so, als habe er kein Schamgefühl vor einer Frau, warum also immer nur die Frau?«

Aha, um sein Schamgefühl ging es ihr. Wer es glaubt ...

Ich hatte keine Lust, mit ihr zu reden, ich hatte keine Lust, ihr zuzuhören. Ihre Ansichten waren sowieso entsetzlich, wenn nicht gerade jetzt, dann sonst doch immer. In Ruhe lassen sollte sie mich. Was konnte sie schon wissen? Dass meine Zuneigung zu Rainer für sie so offensichtlich war, ärgerte mich. War ich schon längst zum Gespött geworden?

»Bist du jetzt beleidigt?« Ich antwortete ihr nicht.

Und Umesh, dieser praktische Mensch, der nichts als unser Wohlergehen im Sinn hatte, brachte es auf den Punkt: »No sex in the high. You will loose your power.«

Mir war kalt. Würde Rainer überhaupt kommen?

Rainer kam, spät erst, aber er kam. Er kam, als das Abendessen schon gebracht worden war und die Teller der anderen fast leer waren. Ich hatte kaum etwas gegessen. Seine Bartstoppeln waren weiß vom Raureif, zu dem sein Atem gefroren war.

Er lächelte mir zu, mir mehr als den anderen!

Die Mattigkeit, die mich befallen hatte, verflog. Die Kopfschmerzen, gegen die kein Mittel geholfen hatte, vergaß ich. Glücklich! Ich war glücklich.

Dann erzählte er vom Weg, der sich länger hingezogen hatte als erwartet, von der Kälte draußen, vom Schattenriss der Berge vor türkisfarbenem Himmel und vom Leuchten des Abendsternes.

»Und Roswitha?«, wollten wir wissen.

Roswitha ginge es gut. Aber sie müsse noch liegen bleiben. Einen Arzt brauche sie nicht mehr, nur etwas Ruhe.

Dann seine Frage: »Welches ist mein Zimmer?«

Ich gab ihm den Schlüssel. Oh, diese Verlegenheit! Wieder dieses Herzklopfen, diese lächerliche Röte in meinem Gesicht. Als wäre ich erst fünfzehn!

Elfi schwieg, Gott sei Dank. Einmal keine Andeutungen.

Als Rainer gegessen hatte, ging ich hinaus. Ich wartete, aber ich blieb allein in einer mondlosen Nacht unter dem funkelnden Band der Milchstraße, bis ich zitternd vor Kälte ins Haus floh und in meinen Schlafsack kroch. Statt zu lesen der Blick durch das niedrige Fenster neben der Pritsche. Nur noch die Sterne zum Zeitvertreib. Orion versank langsam hinter den Bergen. Ich fühlte mich nicht wohl. Wieder diese beklemmende Enge in meiner Brust, die Aufregung. Was beunruhigte mich so? Etwa Rainer selbst? Dass er gleich hier sein würde? Oder fürchtete ich mich vor dem, was ich erhofft, ersehnt, erträumt hatte? Immerhin waren die Wände hier aus Stein. Elfi auf der anderen Seite einer dünnen Bretterwand zu wissen: Es wäre entsetzlich. Nein, es wäre unmöglich.

Ich lauschte atemlos und mit klopfendem Herzen den gedämpften Stimmen von irgendwo, den Schritten auf der Treppe, den knarrenden Dielen vor der Tür. Ich starrte auf den flackernden Schein, den zuweilen eine Lampe durch die Türritzen warf, starrte in die Finsternis, dorthin, wo die Türklinke sein musste, die sich irgendwann senken würde, niedergedrückt von seiner Hand.

Dann endlich. Rainer kam! Er hatte mich lange warten lassen. Sein Gesicht konnte ich nicht erkennen, nur das grelle Licht seiner Stirnlampe, das mich blendete. Er wendete seinen Kopf zur Seite, als er es merkte. Dann setzte er sich auf seine Pritsche und legte die Lampe neben sich ans Kopfende. Ich sah nicht zu ihm hin. Meine Augen hingen an dem Lichtkegel, einem Kunstwerk aus hellen und dunklen Ringen auf dem fleckigen Hintergrund der Zimmerdecke. Trotzdem nahm ich alles, was er tat, mit einer fast qualvollen Deutlichkeit wahr: Die Jacke zog er als Erstes aus, diesen blauen, längst verblichenen Anorak, dann die Schuhe, alles, ohne ein einziges Wort zu sagen. Gleich darauf das Rascheln des Schlafsackes, das Knarren der Pritsche. Seiner Pritsche! Er löschte die Lampe und legte sie auf den Boden. War das alles?

»Schlaf gut«, sagte er bloß, kein Kuss, keine Geste der Zärtlichkeit, nicht einmal ein liebevolles Wort.

Unsere erste gemeinsame Nacht!

Ich lag mit offenen Augen und wartete schlaflos auf den Morgen. Rainers Atem, jetzt nicht mehr durch eine Bretterwand getrennt, seine Haare ganz nah, sein Gesicht, eine Armlänge von mir entfernt. Ich streckte meine Hand nach ihm aus, es war nur ein Versuch und ich ließ sie wieder sinken, ehe ich ihn berührte. Er hatte es nicht merken können.

Meine Kopfschmerzen waren noch ärger als in der Nacht zuvor, ein pochender, unerbittlicher Schmerz. Mir war übel. Morgen würden wir aufsteigen auf 4800 Meter, dann wieder abwärts nach Thorong Phedi. Die nächste Nacht dann auf 4400 Meter. Das Quartier würde eine Mausefalle sein: auf der einen Seite der Pass, auf der anderen Seite der Anstieg auf 4800 Meter.

Ich wusste: Mit starken Kopfschmerzen darf man nicht höher steigen. Wer es dennoch tut, riskiert seine Gesundheit oder sogar das Leben. Ungewöhnlich starke Kopfschmerzen in der Höhe sind ein sicheres Zeichen der beginnenden Höhenkrankheit und erfordern den sofortigen Abstieg oder zumindest einen Ruhetag. In meinem Zustand war das, was ich vorhatte, eine wahnwitzige Überschätzung meiner Kräfte. Hatte ich immer noch nichts gelernt? Wieder machte ich weiter, obwohl ich längst erkannt hatte, dass mein Weg falsch war. Wieder lieferte ich mich meinem verhängnisvollen Talent aus, meinen Irrtum, meine Selbstüberschätzung oder mein Versagen zu leugnen, bis es zur Katastrophe kommt. Wie mit meiner Zeitschrift. Ja, und auch wie damals mit Madeleine.

Ich schob meine Ängste beiseite. Wahrscheinlich machte ich mir wieder zu viele Gedanken. Schließlich überquerten in dieser Jahreszeit jeden Tag mehr als hundert Trekker den Pass, Träger und Führer nicht mitgerechnet. Da spielten die paar, die jedes Jahr bei diesem Unternehmen ihr Leben verloren, keine Rolle, tröstete ich mich. Warum sollte es gerade mich treffen? Aber ich ahnte auch: Keiner von den Toten am Pass hatte damit gerechnet, selbst zu den Opfern zu gehören.

Am nächsten Morgen Elfis neugieriger Blick, ihre ständigen Sticheleien. Sie fragte mich nicht ›Hast du gut geschlafen?‹, sie fragte ›Habt ihr gut geschlafen?‹. Und: ›Du siehst aber mitgenommen aus.‹ Elfi, die Anspielung in Person. Ich hätte sie erschlagen können!

Meine Kopfschmerzen verheimlichte ich.

Draußen war es kalt, aber die Sonne ging ebenso strahlend auf wie an den Tagen zuvor. Die kühle Luft tat mir gut. Ich machte mir Mut: Wenn ich diese Etappe hinter mich bringe, schaffe ich auch den Pass. Eine Umkehr in Thorong Phedi war nicht mehr vorgesehen.

Das Wetter war immer noch gut!

Der alte Weg neben dem Fluss war gewaltigen Erdrutschen zum Opfer gefallen und nicht passierbar, der neue war verlegt auf den Gegenhang im Osten des Bachbetts, weit oberhalb der alten Route. Wir stiegen und stiegen.

Ich setzte langsam einen Fuß vor den anderen und versuchte, tief und gleichmäßig zu atmen. Es ging besser, als ich befürchtet hatte, der Schmerz in meinem Kopf war erträglich, nur mein Herz klopfte zum Zerspringen. Vor mir trottete Rainer mit seinen gleichmäßigen, ruhigen Schritten. Fast pausenlos hörten wir Steinschlag auf der anderen Seite. Ich möchte nicht wissen, wie viele Opfer die Erdrutsche gefordert haben, ehe der Weg verlegt wurde!

Gegen Mittag der höchste Punkt. Ich war glücklich! Ich würde es schaffen, trotz meiner Kopfschmerzen. Von nun an ging es bis zur Lodge nur noch bergab über den verschneiten Hang. Steil bergab. Und glatt. Ich war dabei, als wir unser Ziel erreichten!

Die einzige Unterkunft auf der Yak-Alm war hoffnungslos überfüllt. Immerhin, ein Raum nur für uns vier, aber dreckig. Die Toilette neben dem Haus: ein Bretterverschlag mit einer Tür, die sich nicht verriegeln ließ. Unter dem Loch im Bretterboden ein meterhoher Haufen stinkender Fäkalien, der Kot von Hunderten von Menschen. Ich kämpfte gegen die Übelkeit. Glücklicherweise keine Fliegenschwärme. Das Holz, auf dem ich stand, war verfault vom Urin. Einen Wasserhahn gab es nicht. Nirgends! Nicht einmal Händewaschen war möglich, geschweige denn mehr. Das Salz vom Schweiß auf meinem Gesicht spülte ich mit Mineralwasser ab.

Ich ging in unser leeres Zimmer zurück und richtete meinen Schlafsack für die Nacht. Auf das schmutzige Kopfkissen wollte ich verzichten. Hätte ich mich jetzt nicht ausruhen müssen und die Stunden bis zum Abendessen im Schlafsack auf meiner Pritsche verbringen, tief atmend, damit mein Körper den dringend benötigten Sauerstoff bekam? Aber ich nahm meine letzte Kopfschmerztablette und entfloh dem eisigen Verlies des Schlafraumes nach draußen, wo die Sonne noch hoch am violetten Himmel stand – und wo Rainer war.

Rainer wie immer mit vom Wind zerzausten Haaren.

»Kommst du mit zum Wasserfall?«

Natürlich kam ich mit, trotz des Aufstiegs, der uns vom Wasserfall trennte, und entgegen aller Vernunft.

Wir waren langsam den Hang hinaufgestiegen, erst auf der Fußspur, die heute Nacht unser Weg sein würde, dann hinüber zur Felswand über den Eisdeckel des verharschten Schnees, der unter unseren Füßen brach. Vor der Wand war es warm und der Schnee von der Sonne weggetaut. Rainer hatte Jacke und Hemd ausgezogen und sich vorgebeugt in das glitzernde Sprühen des Rinnsals, das über die Felsen stürzte. Ich ließ mich auf den warmen Steinen nieder und sah ihm zu, wie er sich das kalte Wasser über Brust und Rücken laufen ließ. Trotz der Höhe fühlte ich mich besser als in der vergangenen Nacht.

Dann saßen wir nebeneinander in der Sonne, Rainer mit nacktem Oberkörper. Über alles Mögliche sprachen wir in dieser Stunde: über Reisbier und Buddhismus, über Klettersteige in den Alpen und über Gletscherspalten, über die Armut der Menschen hier, ihre Freundlichkeit, ihre fröhliche Art und über die auf uns niederrasenden Steine, die uns nicht zerschmettert hatten. Worüber wir nicht sprachen, war unser Leben, bevor wir hierher gekommen waren, und das, was uns erwartete, wenn wir zurück sein würden. Was wussten wir denn voneinander? Mir fielen sie auf, unsere überflüssigen, bedeutungslosen Worte, aber ich sagte nichts und ich fragte auch nicht, was ich wirklich hätte wissen wollen. Es genügte mir, hier zu sitzen mit Rainer, mein Kopf an seiner Brust, sein Arm um meine Schulter, neben uns das rinnende Wasser, leuchtend von einem Regenbogen im Nebel der Wassertropfen, vor uns der glitzernde Panzer des überfrorenen Schnees. Aber ich dachte an das, was ich hinter mir gelassen hatte, und das, was vor mir, was vor uns beiden liegen mochte. Ausnahmsweise dachte ich dabei nicht an den Pass.

Als wir wieder zur Lodge kamen, waren meine Kopfschmerzen schlimmer als zuvor. Ich legte mich auf meine Pritsche und versuchte, alles zu vermeiden, was die Schmerzen verstärkte, aber jedes Mal, wenn ich auch nur die Augen bewegte, durchzuckte mich ein vernichtender Schmerz.

»Anne, ist dir nicht gut?«

Rainer war besorgt.

Jetzt gestand ich ihm meine Kopfschmerzen. Wirklich nur Kopfschmerzen hätte ich, das auch nicht zum ersten Mal, so etwas käme öfter vor bei mir, sei also gar nichts Besonderes, schon gar kein Grund, nicht weiterzugehen. Umkehren wäre völlig sinnlos jetzt, Muktinath auf der anderen Seite des Passes sei schließlich viel tiefer als Yak Kharka, von wo wir kamen. Hier bleiben würde ich auf keinen Fall, schlimmer als hier könne es gar nicht werden. Und außerdem hätten meine Kopfschmerzen ja sowieso nichts mit der Höhe zu tun. Ich redete auf ihn ein, ließ ihm keine Zeit für Bedenken, für Widerspruch, aber mit jedem Atemholen, mit jedem Satz, den ich sprach, hämmerte der Schmerz heftiger in meinem Kopf. Mir war übel.

»Hast du eine Kopfschmerztablette für mich?«

Und ob Rainer das hatte. Ich glaube, er freute sich jedes Mal, wenn jemand seine Hilfe brauchte. Nach einer Stunde ließen die Schmerzen etwas nach. Ich weinte vor Erleichterung.

Rainer brachte mir gebratenen Reis, aber ich konnte nichts essen. Ich war ihm trotzdem dankbar. Ach, du Lieber!

Der Rest war Warten. Liegen, atmen und warten und der Blick zum sternenklaren Himmel. Nichts sonst. Nur diese eine, nein, diese halbe Nacht noch. Nur noch sieben Stunden, dann würden wir wieder unterwegs sein. In dieser unruhigen Nacht, in der die Ersten die Lodge verließen, ehe noch die Letzten zu Bett gegangen waren, machte ich abermals kein Auge zu. Ich glaube, niemand von uns konnte schlafen. Die Stimmen draußen, der flackernde Schein der Stirnlampen vor dem Fenster, die Sorgen, von denen in dieser Nacht niemand frei war, und der Sauerstoffmangel in der ungewohnten Höhe hielten uns alle wach. Aber nichts konnte uns mehr aufhalten, über den Pass zu gehen. Das Ziel war zum Greifen nah.

Morgen würde der erste April sein. Madeleines Geburtstag! Ich brauchte nicht lange zu rechnen: Fünfzig Jahre wäre sie in diesem Jahr geworden, fünfzehn Monate älter als ich selbst. Madeleine der Aprilscherz. So hatte sie sich selbst genannt.

# 15

Um drei Uhr morgens der Start unter schwarzblauem, mondlosem Nachthimmel, nur erhellt vom Flimmern der unzähligen Sterne und dem weißen Band der Milchstraße. Nie zuvor hatte ich es so leuchtend gesehen. Die Temperatur lag weit unter dem Gefrierpunkt, aber das Wetter war ideal. Vom eisigen Wind war bei unserem Aufbruch noch nichts zu spüren gewesen. Ich war dabei! Meine Ängste, meine Zweifel waren vergessen. Keine Frage mehr, ich würde es schaffen, trotz Kopfschmerzen und Schwindel. Ich war glücklich.

»Mir geht es bestens«, hatte ich versichert, als Rainer mich fragte.

Wir stiegen langsam, aber stetig. Über und hinter uns die Lampen der Anderen, ein stetes Blinken, Flackern und Blitzen, wie ein endloser Heereszug von Glühwürmchen, die über ein ungeheures Hindernis hinwegkriechen.

Ich blickte auf meine Füße, die gleichmäßig unter mir weiterliefen, langsam zwar, aber immer aufwärts, immer dem Lichtkegel meiner Stirnlampe nach, meinem eigenen kleinen Fleck Helligkeit in der Schwärze der Nacht, mal über Geröll, dann wieder über Schnee, aber unaufhörlich aufwärts. Waren wir schon so weit gegangen? Als wir zum zweiten Mal stehen blieben, um etwas zu trinken, zeigte mein Höhenmesser 4850 Meter, fünfzig Meter höher, als ich je zuvor aufgestiegen war. Noch fast fünfhundert Höhenmeter lagen vor uns.

Rainer stand neben mir.

»Siehst du das Licht dort?«

Dort, wo er hinwies, über einem Gipfel im Osten, strahlte ein silbernes Licht, heller als jeder Stern, ein Punkt nur, aber umgeben von einem funkelnden Strahlenkranz. Und der Punkt wuchs rasch zu einer Kugel, noch größer als der Morgenstern und mit einem Leuchten, das überirdisch erschien. Erst als die Kugel begann, sich in die Länge zu ziehen, erkannten wir den aufgehenden Mond, eine schmale Sichel, doch inmitten einer Gloriole, die den Himmel erhellte. Während wir weitergingen, schimmerte ein mit Schnee bedeckter Berg im Westen in einem gespenstischen Blau zwischen den schwarzen Gipfeln wie in Schwarzlicht getaucht.

»Schade, dass Sarah das nicht sehen kann«, sagte Rainer. »Es würde ihr gefallen.« Ich dachte an Roswitha. Jetzt tat sie mir doch Leid.

Als wir uns später wieder umsahen, leuchtete im Osten der erste helle Streifen Morgenlicht. Mir war übel und in meinem Kopf pochte der Schmerz.

Noch immer auf den Schein unserer Stirnlampen angewiesen, durchquerten wir einen Steilhang auf einer schmalen Trittspur im Schnee. Der Abgrund rechts neben uns war im Dämmerlicht nur zu erahnen. Den Rest, einen Höllenschlund, verschluckte die Dunkelheit. Ich war froh, dass mir der Anblick der Tiefe erspart blieb. Jetzt nur keinen Fehler machen! Ein Straucheln, ein Ausgleiten, ein Sturz konnten tödlich sein.

Nach der Querung stieg der Weg wieder steil an. Keuchend und ohne ein Wort zu sprechen, gingen wir langsam mit mechanischen Schritten dahin, Meter für Meter, immer höher unter einem Himmel, der erst unmerklich, dann fast übergangslos hell geworden war. Unbeschreiblich schön das Erscheinen der Gipfel, noch ehe sie im Sonnenlicht erstrahlten! Ein eisig kalter Wind hatte sich erhoben und blies uns schneidend ins Gesicht. Stellenweise war der Weg vereist. Jedes Zurückrutschen zehrte an den Kräften. Langsam und noch langsamer setzten wir einen Fuß vor den anderen. Immer aufwärts.

Fünftausend Meter! Mehr als die Hälfte des Aufstiegs lag schon hinter uns.

Irgendwann war ich stehen geblieben, um wieder zu Atem zu kommen. Ich nahm den Rucksack ab und zog die Handschuhe aus. Was ich tun wollte, weiß ich nicht. Dann, nur ein kurzer Augenblick der Unaufmerksamkeit, nur eine kleine Nachlässigkeit, aber was folgte, war unwiderruflich, unwiederbringlich im wahrsten Sinne des Wortes – meine Handschuhe! Ehe ich noch Zeit hatte, mich zu bücken, sah ich sie schon dahingleiten, dahinrollen, vom Wind schneller vorangetrieben, immer weiter, unaufhaltsam den Hang hinunter, bis sie irgendwo in der Tiefe verschwanden. Niemand hatte es bemerkt. Ich behielt das Unglück für mich und ging ohne Handschuhe weiter. Wusste ich denn überhaupt noch, was ich tat?

Hier oben kostete jeder Schritt Zeit und Kraft. In einer Mulde versanken wir bis über die Knie im weichen Schnee. Ich hörte nichts als den Hammer in meiner Brust und das Keuchen meines Atems, fühlte nichts als meine Erschöpfung, meine Kopfschmerzen und den Schweiß, der von der Stirn rann trotz des eisigen Windes. Einen Schritt noch und wieder einen, immer aufwärts, ohne Ende, stumpfsinnig und geistlos, bis zur völligen Betäubung, eine nutzlose, absurde Qual. Wozu tat ich das? Warum quälte ich mich mit meinen letzten Kräften durch diese Wüste aus Schnee und Geröll? Ich wusste es nicht mehr.

Irgendwann fiel ich zum ersten Mal. Rainer half mir wieder auf die Beine.

»Alles in Ordnung?«

»Alles bestens. Kein Problem.« Meine Sprache: wie die einer Betrunkenen.

Ich ging weiter, aber meine Kräfte ließen nach. Ich fühlte es und war doch machtlos dagegen. Rainer ging langsam vor mir. Ich konnte ihm nicht mehr folgen. Ich rutschte, ich stolperte, bis ich wieder fiel. Bäuchlings lag ich auf einem weißen Kissen aus Schnee, das mein heißes Gesicht kühlte. Noch nie in meinem Leben war ich so erschöpft gewesen. Ich konnte nicht mehr. Mein Traum! Oder träumte ich wieder? Mein Gott, was war los mit mir?

Wie schön es war, zu liegen und zu träumen. Ich wusste, irgendwann würde der Traum enden, dann würde ich erkennen, was Wirklichkeit ist und was Traum. Ich zweifelte nicht daran, wieder aufzuwachen, nur wo, das wusste ich nicht, vielleicht drüben in Muktinath auf der anderen Seite des Passes, vielleicht wieder in Angstträumen irgendwo auf meiner Pritsche in einem eisigen Zimmer. Aber in einem Winkel meines Kopfes wusste ich, es ist wie ein Traum, doch es ist kein Traum. Ich bin am Pass. Jetzt! Und ich liege im Schnee. Das ist wahr und wirklich. Steh auf, aufstehen musst du!

Der Pass liegt im Nebel. Nicht tatsächlich – der Tag blieb so strahlend, wie er begonnen hatte –, aber meine Erinnerung endet irgendwo kurz vor dem Pass in einem Schleier aus pochenden Kopfschmerzen und ohnmächtiger Erschöpfung.

Was ich von den anderen weiß: Erst als ich zum dritten oder vierten Mal strauchelte, erkannten die anderen endlich meinen Zustand. Meine blauen Hände, die ohne Handschuhe erstarrt an meinen Bergstöcken klebten, ohne dass ich es gemerkt hatte, meine Unsicherheit beim

Gehen, meine undeutliche Sprache, die fehlende Gletscherbrille und die Lampe, die ich auf meiner Stirn vergessen hatte. Nicht einmal ausgeknipst hatte ich sie. Sie konnten nicht begreifen, wie sie meine Verwirrtheit, meine Schwäche so lange hatten übersehen können. Ich war höhenkrank!

Was man mir sonst noch erzählt hatte: An Umkehr war nicht zu denken gewesen. Umesh und Dupshang hatten mich rechts und links eingehakt und mich wieder auf die Füße gezerrt, dann hinauf zum Pass, die letzte Viertelstunde, dieses winzig kleine Stück, das noch fehlte, danach immer abwärts in rasendem Tempo.

Bei 4800 Metern hatten die beiden eine Pause gemacht. Die erste? Ich weiß es nicht. Woran ich mich erinnere, sind meine brennenden Hände, die in fremden Handschuhen steckten, und der weite Weg, der immer noch vor uns lag. Noch tausend Höhenmeter abwärts bis Muktinath!

Auch der Abstieg forderte alle meine Kräfte. Wir gingen durch schmelzenden Schnee, über Geröll, über Fels, dann wieder durch Schnee, manchmal durch Matsch, braun und schmierig wie geschmolzene Schokolade. Nur ganz allmählich verloren wir an Höhe. Längst hatte ich nichts mehr zu trinken. Den Rest aus meiner Trinkflasche hatte ich Dupshang gegeben. Unter uns nur kahle Berge, Felsen in allen Brauntönen, ein ständig wechselndes Farbenspiel, dazwischen Geröll. Kein Baum, kein Strauch. Es war unerträglich heiß geworden. Wir schwitzten, wir schmorten in der Backofenhitze. Schatten gab es nicht.

Irgendwann fiel mir auf, dass sich etwas Wesentliches verändert hatte. Ich konnte es kaum fassen: Meine Kopfschmerzen waren verschwunden, zum ersten Mal seit Tagen!

Endlich tief unter uns Muktinath, dunkle Häuser auf

einem Hochplateau, in der Nähe grüne Felder – frisches Grün! –, verstreute Dörfer, ein kleiner Teich, alles umgeben von unwirtlichem Ödland. Aber noch lange nicht waren wir dort. Endlos zog sich der Pfad weiter, mal steil, dann wieder sanft fallend. Nach Stunden war der Ort endlich zum Greifen nah, doch jetzt ging es tief hinunter zu einer Schlucht und danach wieder steil aufwärts. Dann hinter einer Biegung das Kloster von Muktinath, immer noch hoch über dem Ort. Heilige Quellen aus mehr als hundert Wasserspeiern, bunte Gebetsfahnen im winterkahlen Geäst der alten Bäume inmitten dieser Steinwüste im Regenschatten der Annapurna, dahinter die Eispyramide des Dhaulagiri. Von seinem Gipfel zog eine gewaltige Fahne aus Schnee und Eiskristallen über den tiefblauen Himmel.

Schließlich die Lodge, mein Zimmer, meine Pritsche. Ich zog meine Schuhe aus und fiel in tiefen Schlaf. Als ich eine Stunde später wieder aufwachte, schien die Sonne durchs Fenster. Es war angenehm warm im Zimmer. Nur zehn Stunden waren vergangen seit unserem Aufbruch in eisiger Kälte und Dunkelheit!

Dann die erste Dusche seit Katmandu. Ich fühlte mich wie im Paradies, auch wenn das Wasser aus der schwarzen Tonne auf dem Dach empfindlich kühl aus dem kleinen Wasserhahn an der Wand über mir rann.

Später saß ich auf der verglasten Veranda in der Sonne und wartete. Nicht nur auf die anderen, die irgendwann kommen würden. Worauf ich vor allem wartete und was ich schmerzlich in mir suchte, war die Freude, die sich jetzt hätte einstellen sollen, die Freude über das erreichte Ziel und die Zufriedenheit über das Überwinden meiner Schwäche, meines Unvermögens. Ich wartete vergeblich. Ich war nicht wirklich glücklich und ich ahnte auch die

Ursache meines Trübsinns. Es fehlte mir das Wesentliche, um mich über meinen Erfolg zu freuen: Es fehlte mir die Erinnerung. Und, was mindestens ebenso schlimm war: Ich war nicht dabei, als sich die anderen auf der Passhöhe beglückwünschten und einander in die Arme fielen. Ich konnte es mir vorstellen, aber diese Vorstellung verdross mich noch mehr. Die Freude, die Umarmungen – ohne mich! Ich werde auf keinem der Fotos zu sehen sein, die sie immer wieder zeigen werden. Nichts werde ich zu Hause vorzuweisen haben. Wären nicht meine blauroten, gefühllosen Hände gewesen, ich hätte gezweifelt, dass ich wirklich dort oben war. Wenn ich mich wenigstens erinnern könnte! Aber der Schleier über meinem Bewusstsein hat mir den Pass gestohlen.

Ich habe kein einziges Mal fotografiert, weder beim Aufstieg noch beim Abstieg und schon gar nicht ganz oben. Später haben sie mir erzählt, dass meine beiden Retter gar nicht mit mir auf der Passhöhe stehen geblieben sind. Nur weiter, nur schnell abwärts, keine Zeit verlieren! Auch von dem Steinhaufen oben am Pass mit den bunten Gebetsfahnen und vom Ausblick tief hinunter ins Tal weiß ich nur durch die Erzählungen der anderen.

Keine Frage, dies alles war Grund genug für die Leere und Traurigkeit, die sich beklemmend über meine Erleichterung legten. Aber es war nicht der einzige. Was war mir der Pass denn jetzt noch wert, kaum dass ich ihn überschritten hatte? Das Ziel, das gestern noch so wichtig erschien, hatte schon heute viel von seiner Bedeutung verloren, weil ich es erreicht hatte. Waren mir nicht immer die Ziele viel wichtiger, die noch vor mir lagen, und gravierte ich nicht andauernd gerade die ungebührlich tief in meine Erinnerung ein, die sieglos hinter mir lagen, aufgegeben, verfehlt, abgehakt als Niederlage? Warum war ich nicht stolz, warum wagte ich nicht, stolz zu sein?

›Gib doch nicht so schaurig an.‹ Zu oft hatte ich diesen Satz gehört. Nicht einmal mir selbst wagte ich noch den Erfolg einzugestehen, wenn es denn überhaupt einer war. Nur meine Misserfolge, mein Versagen ritzte ich ein in meine Erinnerung, als Stacheln, damit die Kränkungen nicht verblassen und die Verletzungen bestehen bleiben. Was also zählte für mich schon dieses eine, dieses letztlich so unbedeutende Ziel? Ich war über den Pass gegangen. Ja und?

Ich hätte – so dachte ich schon oft – damals vor zwanzig Jahren nicht ihre Ziele zu den meinen machen dürfen. Immer schon hatte ich getan, was andere wollten. Ich hatte nie gelernt, nach meinem eigenen Willen zu fragen. Und nicht nur das. Ich hatte verlernt, überhaupt einen eigenen Willen zu haben. Dabei sein, dazugehören, das wollte ich. Aber alles andere? Es waren die Erwartungen der anderen, die mein Handeln bestimmten.

Viel hatte ich gelesen in den Schriften, die mir Madeleine brachte, und viel hatte ich gehört in den Gesprächen, von denen ich nicht mehr ausgeschlossen wurde. War es da nicht selbstverständlich, dass ich mich an das gewöhnte, was mir vorher so schrecklich, ja so abscheulich erschienen war? Irgendwann waren ihre Gedanken auch meine Gedanken geworden – so dachte ich zumindest – und ihre Ziele die meinen. Mit Eifer hatte ich gelernt, um ihnen ebenbürtig zu sein: über das Fälschen von Papieren aller Art, über die Verbreitung von Flugblättern und Zeitungen und über den Bau von Bomben. Ich hatte mir Wissen angeeignet über die Funktionsweise von Brand- und Sprengsätzen und über das strikte Einhalten von Sicherheitsmaßnahmen zum Selbstschutz bei unseren Treffen. Selbst darüber, wie man eine Bank überfällt, um das nötige Geld zu besorgen, war ich bestens orientiert.

Dass ich mich wehren musste, wenn ich nicht untergehen wollte, ja, das hatte ich nun verstanden.

Aber so? Ich hätte erkennen müssen, dass dieser Weg in die Katastrophe führt. Doch noch war alles für mich kaum mehr als ein Spiel mit Worten, ein Kokettieren mit Wissen und Ideen. Es war nichts als Theorie. Der Schrecken der Praxis war mir noch nicht begegnet.

# 16

Jetzt blieb mir nichts als Warten, allein mit meiner Freudlosigkeit und meinen hervorgekramten Selbstvorwürfen. Wenn ich doch wenigstens den vergänglichen Anblick des Dhaulagiri mit den anderen hätte teilen können! Die weiße Fahne am Gipfel war in den letzten zwei Stunden noch länger geworden.

Fast eine Stunde wartete ich so.

Sie hatten sich Zeit gelassen beim Abstieg, hatten gemeinsam geschaut, hatten fotografiert. Mehr als zwölf Stunden waren sie unterwegs gewesen. Weshalb hätten sie sich beeilen sollen?

Dann endlich saßen wir nebeneinander auf den knarrenden Holzstühlen, Rainer und ich, hatten die Füße auf die niedrige Fensterbank gestellt und tranken Tee. Die anderen schliefen.

Ich weiß nicht mehr, warum wir später über Sarah sprachen.

Was ich nach und nach erfuhr: Sarah war ohne Eltern aufgewachsen, erst bei irgendwelchen Freunden, später bei den Großeltern.

»Warum?«, wollte ich wissen.

»Ihre Mutter starb, als Sarah zwei Jahre alt war.«

Traurig fand ich das, wirklich, keine Frage. Aber so etwas gibt es, ich kann es nicht ändern. Vielleicht, so dachte ich, war Sarah aus diesem Grund so eigenwillig.

Rainer lenkte ab, wollte jetzt das Thema wechseln und

sprach über die Berge. Wo das letzte Sonnenlicht die Gletscher des Dhaulagiri streifte, waren die Hänge wie mit flüssigem Metall übergossen.

Aber dieses Mal ließ ich nicht locker. Es war mir plötzlich egal, wenn ich ihm zu nahe trat.

»Und du als Vater, warum war sie nicht bei dir?«

Rainer starrte auf den Dhaulagiri, als gäbe es nichts Wichtigeres als die Wolke neben dem Gipfel, deren Silberglanz sich jetzt golden färbte über dunklen Hängen, die die Sonne nicht mehr erreichte.

»Nichts habe ich gewusst«, sagte er dann. »Über Jahre wusste ich nicht, dass ich Vater bin.«

Dann schwieg er wieder.

»Über Jahre?«

»Zwölf Jahre.«

»Dann hast du es nicht von ihrer Mutter erfahren?«

»Nein.«

Seine Einsilbigkeit reizte mich jetzt. Ich fragte doch nicht nur zum Zeitvertreib, warum machte er es mir denn so schwer?

Wir schwiegen beide. Maultiere kamen über die kahlen Hänge zum Dorf zurück, Ziegen, kleine Pferde. Ich begann zu zählen. Bei hundert gab ich auf.

Rainers ganze Aufmerksamkeit war bei der Fliege, die über seine Hände lief. Dreimal, viermal versuchte er vergeblich, sie zu fangen, ehe er sie plötzlich erschlug.

»Ihre Mutter war eines Tages verschwunden, Monate bevor Sarah geboren wurde. Ich habe sie nie wieder gesehen.«

Mein Herzklopfen, meine Aufregung: Ich ließ mir nichts anmerken.

»Und wodurch hast du erfahren, dass du Vater bist?«

Warum fragte ich nicht, was ich wirklich wissen wollte?

Heute ist es mir klar. Ich tat es nicht, weil ich die Antwort längst kannte!

»Nur, weil ihre Großeltern nachgeforscht haben«, antwortete Rainer endlich. Dann führte er seine Teetasse zum Mund – sie war längst leer – und schwieg.

Die Wolkenfahne über dem Berg verlor ihren goldenen Glanz und verfärbte sich in ein tiefes Orange. Sonst war der Himmel wolkenlos.

»Und wie haben sie erfahren, dass du der Vater bist?«

»Von den Leuten, bei denen Sarah vorher gelebt hatte. – Aber warum fragst du das alles?«, wollte er wissen. »Warum ist das denn so wichtig?«

Ich konnte ihm die Wahrheit nicht sagen.

Er sprach jetzt weiter, obwohl ich nicht geantwortet hatte, redete von den Freunden, die er nicht selbst gekannt hatte, und von dem wenigen, was er ahnte über das Leben, das diese Menschen geführt hatten und das Sarahs Mutter geteilt hatte.

Irgendwann fiel der Name Madeleine.

Es war still im Raum, totenstill, bis auf das Knarren von Rainers Stuhl, ein schreckliches Geräusch, das mein Verstummen, meine Atemlosigkeit durchdrang.

Nach einer Ewigkeit, wie mir schien, bekam ich wieder Boden unter den Füßen, fragte weiter, als wüsste ich nicht schon längst genug.

»Wie alt ist Sarah?«

»Sie wird im August zweiundzwanzig Jahre.«

Madeleines Tod liegt zwanzig Jahre zurück.

Sarah. Jetzt war der Name wieder da. Sie hieß Sarah. Seit Jahren hatte ich den Namen von Madeleines Tochter vergessen.

Ich begann zu zittern.

»Anne, was ist los?«

Rainers Stimme kam von weit her. Ich merkte, wie alles

anfing, über meine Kräfte zu gehen. Ich riss mich zusammen. Nur nichts anmerken lassen, so hatte ich es immer gehalten.

»Es ist nichts. –«

Als ich endlich wieder ruhiger wurde, stand die Wolkenfahne am blassblauen Himmel dunkelbraun neben dem Anthrazit des Berges. Wie der Rauch eines gewaltigen Schlotes.

Rainer erzählte jetzt – vielleicht aus Verlegenheit, vielleicht, weil er sich mir näher fühlte als je zuvor – von der Klinik, in der er arbeitete, von dem neuen Chefarzt, der jünger war als er und der ihm, dem erfahrenen Oberarzt, vor die Nase gesetzt worden war, von Arroganz und Selbstgerechtigkeit, von Schlamperei und missglückten Operationen und von seinem eigenen fehlenden Mut einzuschreiten. Noch nie hatte er in den vergangenen Tagen so viel von sich preisgegeben.

Ich versuchte zuzuhören, aber meine Gedanken kehrten zurück zu meiner eigenen Schuld und zu meiner Feigheit, zu dem zu stehen, was geschehen war. Jetzt, jetzt hätte ich ihm alles erzählen müssen.

»Rainer«, versuchte ich, aber das Zittern kam wieder und die panische Angst, die mich jedes Mal überfiel, wenn ich nur daran dachte, mein Schweigen zu brechen.

›Ich habe Madeleine gekannt.‹ Wie schlicht, wie unschuldig war dieser Satz, nur vier lächerlich einfache Worte, aber ich brachte ihn nicht über die Lippen. Es war unmöglich.

»Anne, was ist los?«

»Nichts. – Nur ...«

»Du findest, ich hätte etwas unternehmen sollen?«

Ich wusste nicht, was ich hätte finden sollen. Ich

wusste, was ich hätte tun sollen. Mein Verschweigen würde immer zwischen uns stehen. Aber ich blieb stumm.

»Anne, was ist denn? Was siehst du mich so an? Findest du das schlimm, was ich dir erzählt habe?«

Ich nahm mich zusammen.

»Ich weiß nicht. Vielleicht ist es schlimm. Ich weiß es wirklich nicht.«

Ich griff die Teekanne, die längst noch nicht leer war, und floh in die Küche, als gäbe es gerade jetzt in diesem Augenblick nichts Wichtigeres, als neuen Tee zu holen.

Als ich endlich zurückkam – sie hatten das Wasser erst kochen müssen –, war der Raum dunkel bis auf eine Kerze auf einem der Tische. Die Berge standen jetzt schwarz und scharf wie ein Scherenschnitt vor dem nachtblauen Himmel, der Dhaulagiri mit seiner Fahne wie ausgefranst unter dem Abendstern. Ich goss Tee in unsere Tassen und stellte die Kanne auf die Fensterbank. Dann saßen wir aneinander geschmiegt, Rainers Arm um meine Schultern, meine Stirn an seinem Hals, und starrten wortlos in den sternklaren Himmel.

Zehn oder zwanzig Minuten blieben wir so sitzen, fast ohne ein Wort zu sagen, bis Rainer aufstand und in unseren Schlafraum ging, während ich zurückblieb mit meinen Gedanken und mich nicht mehr herausfand aus dem, was früher einmal gewesen war. Ich wehrte mich nicht mehr. Ich ließ es geschehen, dass alles wieder auftauchte wie ein Berg zwischen Wolkenfetzen, der – gerade noch den Blicken verborgen – jetzt, wo der Wind die Schleier vertrieben hatte, mächtig und erdrückend vor mir stand. Aber ich wusste, bald, vielleicht schon morgen früh, würde die Welt wieder anders sein, vielleicht würde eine Nacht schon reichen und die Vergangenheit wäre wieder eingehüllt in den gnädigen Nebel, zugedeckt, verpackt, beigelegt und in die Ordnung gebracht, mit der es sich leben ließ. Ich würde wieder denken und fühlen wie immer, wieder sprechen, als sei nichts gewesen, wieder lachen. So ist der Mensch, so bin ich. Ich habe mich jedes Mal zurückgefunden, was auch immer geschehen ist.

»Dinner at seven o'clock«, hatte Umesh gesagt.

Das Abendessen mit den anderen ging an mir vorüber wie ein Film in einer fremden Sprache. Ich aß von meiner Frühlingsrolle, ich trank Tee mit dem Rum, den Elfi für diesen Augenblick aus Deutschland mitgebracht hatte, ich tat, als lauschte ich den Gesprächen. Ich sah die anderen, aber sie schienen mir fremd und wunderlich. Elfi redete wie ein Wasserfall. Ich sah einen Mund, der sich öffnete und schloss, sah Falten, die sich vertieften und wieder glätteten, sah Haare auf einem Kopf, ein fremdes Teil, wie die Perücke einer Puppe, und ich sah Augen, über die die Lider hinfuhren, absonderliche Bewegungen, wie das Zucken von Schmetterlingsflügeln. Ich sah Elfi in ihren einzelnen Teilen, doch was ich sah, formte sich nicht zu einem Menschen. Sie blieb ein unbekannter, seltsam rastloser Gegenstand, reizvoll, doch ohne Bedeutung. Ihre Worte drangen nicht in mein Bewusstsein. Plötzlich meine Furcht, den Verstand zu verlieren.

Einmal merkte ich, wie Rainers Augen meinen Blick suchten, aber ich wich ihm aus.

Die anderen waren in einer Bombenstimmung. Nur ich, ich konnte ihre Fröhlichkeit kaum noch ertragen. Ich sah ihren Übermut wie den von merkwürdigen Wesen. Von mir waren sie getrennt durch eine Wand aus Plexiglas, die sich ihrer Wahrnehmung entzog. Was ich sonst noch fühlte, körperlich, waren meine brennenden Hände. Meine Fingerspitzen waren immer noch völlig taub.

# 17

Rainer ging als Erster zu Bett. Als ich zehn Minuten später in unser Zimmer kam, schlief er schon. Seine Stirnlampe lag auf dem Boden. Sie brannte noch. Der Schlaf musste ihn übermannt haben, ehe er es wollte.

Es war gut so.

Auch diese Nacht lag ich lange mit offenen Augen und die Bilder, die mich schon am Abend verfolgt hatten, beherrschten mich noch mehr.

Es ist schwer zu rekonstruieren, wie sich damals alles entwickelte. Madeleine ist tot. Das ist eine Tatsache, die unumstößlich ist. Alle Tatsachen sind unverändert geblieben über die zwei Jahrzehnte, die vergangen sind, aber längst habe ich aus den Tatsachen mein eigenes Bild geformt, habe weggelassen in meiner Erinnerung, was ich nicht wahrhaben wollte, habe verdreht, zurechtgerückt oder verkehrt, bis das entstand, was ich heute für die Wirklichkeit halte. Die Tatsachen, die nicht in den Gang der Dinge eingegriffen haben, sind ohnehin belanglos geworden, vergessen, vergeben. Das, was in meiner Erinnerung übrig blieb, diese unvollkommenen Abbilder der Geschehnisse, haben sich gefestigt und blieben in meinem Bewusstsein, gewannen an Bedeutung und wurden zu dem, was ich für die Wahrheit halte. Aber das ist nur meine eigene unbedeutende Wirklichkeit. Andere haben sich aus denselben Fakten eine andere Wahrheit geschaffen und glauben, ihre Erinnerungen seien die Tatsachen.

Jeder hat sein eigenes Bild und wer kann heute darüber urteilen?

Tatsache ist, ich machte mit. Daran besteht kein Zweifel, so gern ich es auch als Trugbild meiner Erinnerung abtun würde. Manches ist mir noch so vertraut, als habe es sich erst gestern ereignet. Das Auto, das wir damals benutzten, sehe ich noch vor mir. Ein weißer BMW 2002 war es, ein altes Modell, schon damals, mit Rost an den Türen und an den Kotflügeln, aber – was wichtiger war – mit einem Satz auswechselbarer Nummernschilder. Der Wagen gehörte Jan. Ich mochte sie nicht, beide nicht, weder Jan noch sein schnelles Auto, vor allem aber nicht Jan, weil er mich verhöhnte, wenn ich Angst hatte, mich erniedrigte, wenn ich seinen Vorstellungen nicht entsprach, und mich beschimpfte, wenn etwas danebenging – egal, ob es meine Schuld war oder nicht. Ich fügte mich, das war ich gewohnt. Ich hatte nicht gelernt, mich zu wehren. Und je mehr ich mich duckte, umso mehr wütete Jan. Vor ihm war ich nichts als ein winselnder, kriechender Köter. Ich glaube, Madeleine kam besser mit ihm aus. Jedenfalls schien es mir so. Einmal traf ich die beiden zusammen in meiner Badewanne, ein anderes Mal überraschte ich sie in meinem Bett. Sie hatten nicht einmal abgeschlossen. Ich war vor allem wütend auf Madeleine.

»Jetzt bringst du es«, hatte Jan eines Tages in einem Café zu mir gesagt und – ich tat, was er wollte. Es erfüllt mich noch heute mit Abscheu vor mir selbst. Eine junge Französin hatte ihre Handtasche neben sich auf den Stuhl gelegt. Als sie zur Toilette ging, blieb die Tasche liegen. Weil Jan es von mir verlangte, griff ich mir die Tasche, nahm Geld und Papiere heraus und stellte die Handtasche zurück. Dann verließ ich das Café. Mir war speiübel. Das wenige Geld und die Papiere gab ich später Jan. Ich schäme mich noch heute dafür. Hätte ich den Namen der jungen Frau gewusst, ich hätte ihr das Geld zurückgeschickt und mich entschuldigt. Ein paar Minuten vor dem Diebstahl hatte sie mich nach dem Weg zum Opernhaus gefragt. Die Eintrittskarte für Mozarts Zauberflöte hatte Jan gleich weggeschmissen und gespottet über meine schmale Beute. Ob sie noch Geld hatte, sich eine neue Karte zu kaufen? Ob es überhaupt noch Karten gab? Jahrelang habe ich daran denken müssen.

Das, was dann geschah, war viel schlimmer, eine Ungeheuerlichkeit, ein Fremdkörper in meinem Leben, ein Stachel, den ich nie wieder entfernen kann. Es gibt keine Entschuldigung. Vorher hatte ich mir gesagt – wohlgemerkt mir, nur mir –, so etwas mache ich nicht mit, niemals, das können sie von mir nicht verlangen. Aber dann war ich doch dabei. Ich hatte nicht gewagt, Nein zu sagen. Das war der wahre Grund, nicht die Überzeugung, dass die Ungerechtigkeit der kapitalistischen Gesellschaftsordnung alle Mittel heilige. Derartige Überlegungen allein hätten mich niemals zu einer solchen Tat hinreißen können.

Wir waren zu dritt an jenem grauen Morgen im frühen Oktober. Jan am Steuer, Madeleine neben ihm auf dem Beifahrersitz und ich auf der Rückbank. Wir alle trugen dunkle Rollkragenpullover und schwarze Jeans. Ich fror und meine Hände waren eiskalt, obwohl es im Wagen stickig warm war.

Unser Ziel war eine Kleinstadt nördlich von Hannover. Die Straße vor uns konnte ich nicht sehen, die langen, lockigen Haare von Jan verdeckten mir die Sicht nach vorn. Neben mir flogen Weidezäune und Baumgruppen vorbei, im Nebel nur schemenhaft zu erkennen, ein kleiner Ort, später auf der rechten Seite ein Gasthaus in einem Waldstück, dann wieder Wiesen. Jan fuhr viel zu schnell, aber an diesem Tag war es mir egal. Vielleicht würden wir gar nicht ankommen. Ein Unfall schien mir weniger schlimm als das, was wir planten. Ein Unfall? Ich tastete über die Plastiktüten, die neben mir auf dem Sitz lagen, und fühlte das kalte Metall durch die Folie hindurch.

»Was tust du da«, brüllte Jan mich an. Unsere Blicke trafen sich im Rückspiegel.

»Die Pistolen. Wir können sie doch nicht einfach auf dem Rücksitz liegen lassen. Wenn wir einen Unfall haben ...«

»Halt's Maul, du Fotze.«

Ich schwieg. Vor Jan hatte ich eine wahnsinnige Angst. Meinen Hass auf ihn konnte ich mir erst viel später eingestehen.

In den vergangenen Tagen waren wir drei und noch andere von der Gruppe unterwegs gewesen und hatten Ausschau gehalten nach geeigneten Objekten, ehe die Entscheidung gefallen war. Jan und Madeleine waren gestern noch einmal die Strecke abgefahren. Sie kannten sich aus: nach dem Abzweig von der Bundesstraße noch ein kurzes Stück auf der Landstraße, dann eine Brücke über die Leine, gleich darauf der Ort, wenig später die Marktstraße.

Die Parkbuchten vor der Sparkasse waren besetzt. Damit hatte Jan zu dieser Uhrzeit nicht gerechnet.

»Scheiße, verdammte!«

Ich war nicht Schuld daran, natürlich nicht, aber ich konnte mich nicht freimachen von meinem unsinnigen schlechten Gewissen, wenn Jan schimpfte. Ich duckte mich, als gelte mir schon jetzt seine Wut.

Nachher sollte ich das Steuer übernehmen. Erst ein einziges Mal war ich mit dem BMW gefahren. Ich war nicht gewohnt, mit fremden Autos umzugehen. Dazu meine zitternden Knie, meine schweißnassen Hände. Was war, wenn ich den Motor abwürgte? Vielleicht würde der Wagen nicht wieder anspringen, wir würden Zeit verlieren, die Polizei wäre schneller als wir und alles wäre meine Schuld. Was würde mir von Jan drohen? Ich wurde nicht mehr Herr über meine Angst.

Jan fuhr weiter auf der Hauptstraße, blass und zitternd, wie ich ihn noch nie gesehen hatte. Auch er machte so etwas zum ersten Mal. Kurz vor dem Ortsende bog er plötzlich nach links ab, ohne auf den Gegenverkehr zu achten.

Es wäre besser gewesen, wenn der Wagen von vorn nicht gebremst hätte, wenn es einen Unfall gegeben hätte, die Polizei gekommen wäre, die Pistolen gefunden hätte!

Jan fuhr jetzt durch Nebenstraßen zurück, vorbei an kleinen Häusern aus roten Backsteinen mit weiß gestrichenen Zäunen um die winzigen Vorgärten, darin Gartenzwerge und Fliegenpilze aus Gips, Ansichten einer spießigen norddeutschen Kleinstadt in schmuddeligem Grau, triefend von der Nässe der dichten Nebelschwaden.

Es war fünfzehn Minuten nach zehn, als wir zum zweiten Mal die Sparkasse erreichten. Eine ältere Frau mit einem weißen Pudel an der Leine ging auf einen Mercedes zu, der vor dem Gebäude parkte. Jan hielt an und wartete, dass sie einsteigen würde. Aber der Hund riss sich los und raste mit seiner nutzlos gewordenen Leine kläffend um die Limousine. Hinter uns hupten Autos.

»Fahr weiter. Das hat doch keinen Zweck«, stöhnte Madeleine, doch Jan wartete, schwitzend und fluchend, bis der Hund schließlich freiwillig zurückkam, auf den Beifahrersitz sprang, dann endlich auch die Frau einstieg und der Mercedes den Platz freigab.

Die Parklücke war eng. Nachher würde es meine Aufgabe sein, wieder herauszufahren. Die ganze Verantwortung würde auf mir lasten. Schon jetzt stand mir der Schweiß auf der Stirn, so eiskalt wie meine Hände.

Erst als ich die Pistolen in der Plastiktüte und die beiden schwarzen Pudelmützen mit den Sehschlitzen nach vorn reichte, begriff ich wirklich, worauf ich mich eingelassen hatte. Als Jan und Madeleine ausgestiegen waren, wartete ich noch ein paar Augenblicke, dann setzte ich mich auf den Fahrersitz und ließ den Motor wieder an. So war es besprochen. Meine Hände flatterten. Ich blickte sie an und wunderte mich, wie schnell sie zitterten.

Dann war ich allein. ›Lass die Finger davon! Lauf weg, einfach weg, noch ist Zeit dazu.‹ Nein, es gab kein Zurück mehr. Es war zu spät, um auf die warnende Stimme zu hören.

Ich wartete. Zwei Minuten? Fünf Minuten? Zehn Minuten? Ich wusste es nicht.

Plötzlich die Schüsse. Erst einer, wenig später zwei weitere, kurz hintereinander. Es wurde geschossen! Unvorstellbar, dass so etwas geschehen würde.

Niemals wieder bin ich ohne Angst die B 6 gefahren, niemals bin ich dort abgebogen, wo wir damals fuhren, und nie wieder bin ich in diesem Ort gewesen. Aber heute gehe ich wieder an Sparkassen vorüber, als wäre da nie etwas geschehen, fast so zumindest. Nur ein dunkles Gefühl ist geblieben aus einer Zeit, die längst vergangen ist und die ich versuche zu vergessen. Niemals in meinem Leben habe ich eine Sparkasse betreten. Nicht vorher und nicht hinterher.

Als die beiden zum Wagen zurückstürzten, war es mir gelungen, den BMW ohne Verzögerung aus der Parklücke zu fahren. Jan dirigierte mich weiter, schreiend und ungeduldig. Vor uns versuchte ein Lastwagen, rückwärts auf die Straße zu fahren. Jan brüllte mich an, als ich bremste.

Den Mann, der den Wagen aus der Einfahrt lotste, hätte ich beinahe überfahren. Dann lenkte mich Jan durch kleine Nebenstraßen, wo es keine Ampeln gab. Hier war kein Mensch auf der Straße. Kurz darauf wieder das Ortsende, wo wir vorhin umgekehrt waren. Vor uns das Moor im Nebel. Ich raste hinein in die graue Wand über eine Straße aus roten Backsteinen, ein schmales, welliges Band mit Bergen und Tälern über dem nachgiebigen Moorboden.

»Fahr zu!«, herrschte Jan mich an und ich fuhr noch schneller, ohne Rücksicht auf die Buckel, die uns in schneller Folge nach oben und wieder in die Sitze schleuderten. Neben uns auf schmalen Schienen Loren mit Torf, dahinter tiefe Gräben gefüllt mit schwarzem Wasser, an ihren Rändern Stapel von schwarzbraunen Schollen, später Birken, wie Phantome im Nebel. Ich starrte nur auf den Straßenrand, zehn, zwanzig Meter vor mir, weiter konnte ich nicht sehen.

Außer uns kein Auto auf der Straße. Hier im Moor würde uns niemand suchen. Vielleicht war der Weg über die Bundesstraße längst versperrt.

Dann, vor uns in einer Kurve, der ersten auf der schnurgeraden Strecke, ein Parkplatz auf der linken Seite.

»Halt an.«

Der Wagen schlitterte über den schwarzen Moorboden, ehe ich anhalten konnte. Jan sprang heraus und lief zur Fahrerseite, während ich auf den Beifahrersitz rutschte. Wir rasten weiter, jetzt auf Asphalt, bis zu einem Wald, wo Jan die Nummernschilder wechselte. Ich setzte mich nach hinten zu Madeleine. Sie war vollkommen aufgelöst.

»Das habe ich nicht gewollt. Ich wollte es wirklich nicht.« Dann verstummte sie wieder, ich hörte nur noch ihr Schluchzen, keine Worte, keine Erklärungen. Ich hatte meinen Arm um sie gelegt und ich fühlte ihr nasses Gesicht an meiner Wange und ihren heißen Atem auf meiner Haut.

»Madeleine, was war denn, was ist denn passiert? Sag doch was.« Aber statt einer Antwort nur ihr Schluchzen, mal lauter, dann wieder nur noch ein Wimmern.

Meine Füße standen auf einer Plastiktüte. Sie war prall gefüllt mit Geldscheinen. Ich hielt Madeleine immer noch in meinem Arm, jetzt selbst in Tränen, als Jan wieder einstieg.

»Hört auf zu heulen«, herrschte er uns an. Und im Weiterfahren:

»Was wollt ihr überhaupt hier? Ein bisschen Robin Hood spielen, aber euch nicht die Finger schmutzig machen?«

Er ließ mich darüber im Unklaren, was geschehen war. Ich glaube, er weidete sich an meiner Angst und an seiner Überlegenheit.

Was ich endlich von Madeleine erfuhr: Während beide mit gezogenen Pistolen Angestellte und Kunden bedrohten, hatte die Frau am Schalter das Geld in die Tüte gesteckt, wie Jan es verlangte. Sie waren schon auf dem Weg zur Tür, als ein Mann die Schalterhalle betrat. Er stellte sich ihnen in den Weg und versuchte, Madeleine festzuhalten. In ihrer Angst hatte sie einen Schuss abgegeben, von dem sie nicht wusste, ob er getroffen hatte. Jan hatte zweimal geschossen. Als sich Madeleine noch einmal umgedreht hatte, sah sie den Mann zu Boden stürzen.

»Er war jung, fast ein Kind noch. Ich glaube, er ist tot.« Dann schluchzte sie wieder und konnte sich nicht mehr beruhigen, die ganze Fahrt nicht. Als mich Jan vor meiner Wohnung absetzte, wimmerte sie immer noch.

Ich habe nicht geschossen, ich habe niemals auch nur eine Waffe auf einen Menschen gerichtet, nicht einmal habe ich eine Pistole mit dem Finger am Abzug in der Hand gehalten. Aber bin ich deswegen unschuldig an den Schüssen? Hätte ich nicht auch geschossen, wenn ich diejenige gewesen wäre, die der Mann festhalten wollte? 68 344 Mark hatten wir erbeutet, mehr als genug, um den Kampf fortzusetzen, den wir für nötig hielten, den Kampf gegen Ausbeuter und Unterdrücker, gegen Banken und Automobilindustrie, gegen Immobilienspekulanten, gegen die Betreiber von Atomkraftwerken und gegen die Staatsmacht, durch die wir unsere persönliche Freiheit bedroht sahen. Aber wen hatten wir mit unserem Überfall wirklich getroffen? Nicht das uns verhasste menschenverachtende Bonzenpack, nicht die Wirtschaftsmafia, nicht das kapitalistische System, sie würden die paar Mark verschmerzen. Ein Mann aus dem Volk war unser Opfer. Wir hofften auf die Solidarität der Massen und schossen einen der ihren nieder. Ich glaube, damals begann ich meinen Irrweg zu begreifen.

Abends kam Jan zu mir und verlangte, dass ich eine Rechtfertigung für eine der alternativen Zeitungen schrieb. Ich tat es, aber für mich war der Sinn unserer Tat unleserlich geworden. Jan verstand meine Skrupel nicht. Er sah nur unseren Erfolg. Dass ein Mensch dabei vielleicht lebensgefährlich verletzt, vielleicht sogar getötet wurde, hat er einfach beiseite geschoben. Egal, was geschah, Jan führte alles bis zur letzten Konsequenz durch. Auch das machte den Unterschied zwischen uns beiden aus. –

In den Nachrichten hörten wir, dass der Mann noch lebte.

Jan hat meinen Text dann doch nicht weitergegeben. Er

hatte es sich anders überlegt, nicht aus Zweifeln über die Tat, sondern weil die Polizei nicht zu erfahren brauchte, wer den Überfall verübt hatte. Je weniger sie über die Revolutionären Zellen wussten, umso besser für uns.

Am nächsten Tag war ich zur Arbeit gegangen, als sei nichts geschehen. Es blieb mir nichts anderes übrig. Noch nie zuvor hatte ich gefehlt. Man hätte nach mir gefragt, sich gewundert. Also ging ich hin, wie jeden Tag. Aufmerksamkeit hätte ich nicht gebrauchen können. Ich versuchte, mein Feuilleton zu schreiben wie immer, berichtete über den Ballettabend im Opernhaus und über einen jungen Bildhauer, dann begann ich mit einem Artikel über die Ausstellung im Landesmuseum, die ich angeblich am Vortag besucht hatte. Kein Wort des Aufruhrs und des Widerstandes. Wie die Scholle ihre Färbung wechselt mit dem Untergrund, über dem sie schwimmt, so änderte ich meine Worte, meine Gedanken, meine Themen vom Abend bis zum nächsten Morgen. Ich schämte mich nicht einmal dafür. Nichts tarnte uns alle besser als unsere honorigen Berufe und unsere geordnete Existenz. Die Gründergeneration der RAF, die unseresgleichen bespöttelt hatte als Sachschadenfraktion und Feierabendterroristen und die unsere spießige Bürgerlichkeit gescholten hatte, waren im Gefängnis oder nicht mehr am Leben.

Wie ich mich fühlte nach dem Banküberfall? Es war fürchterlich. Was ich auch tat in diesen Tagen, immer wieder sah ich einen Mann im Kugelhagel zusammenbrechen, sah Jan und Madeleine aus der Bank stürzen, die Pistolen noch in der Hand, sah uns davonrasen, sah mich am Steuer, sah die schnurgerade Straße durch das Moor, die wimmernde Madeleine. Und nachts, wenn ich träumte, war ich es selbst, die in die Mündung der Pistole blickte, bis ich von Jans Schüssen getroffen zusammenbrach.

Ich glaube, nur die Schuld am Tod eines Menschen ist schwerer zu ertragen als das, was ich in diesen Tagen durchmachte.

Dazu die unbezähmbare Angst, jemand könnte mich erkennen. Als Einzige von uns dreien war ich nicht maskiert gewesen. Bei jeder lauten Stimme in meiner Nähe zuckte ich zusammen. Ich bildete mir ein, die Leute würden mich anstarren und mit dem Finger auf mich zeigen: ›Das ist sie, da geht sie, die Bankräuberin.‹ Das Kainsmal der Mittäterschaft, das ich auf meiner Stirn zu tragen glaubte, musste jeder sehen. Tagelang traute ich mich kaum noch auf die Straße, nur von der Wohnung die paar Schritte zum Auto, dann zur Redaktion und so schnell wie möglich wieder zurück. Zu Hause ging ich nicht mehr zur Tür, wenn es schellte, das Telefon ließ ich klingeln, ohne mich zu melden.

Einmal auf dem Weg zu meiner Wohnung war ein Polizeifahrzeug hinter mir. Es wechselte die Spur, fuhr dann neben mir. Die Beamten drehten sich zu mir um – es war keine Einbildung, dass sie mich musterten –, überholten mich und bedeuteten mir anzuhalten.

›Flucht!‹ war mein erster Gedanke, aber ich sah keine Möglichkeit. Ein Polizist stieg aus und ging auf mich zu, eine Hand am Gürtel, ganz dicht bei seiner Pistole. Ich zitterte am ganzen Körper, als ich die Scheibe herunterdrehte.

»Wissen Sie, dass Ihr linkes Bremslicht defekt ist?«

Ich wusste es nicht und versprach, es reparieren zu lassen. Meine Panik schien er nicht bemerkt zu haben. Nicht einmal meine Papiere wollte er sehen. Nein, die Polizei war uns nicht auf den Fersen, nicht jetzt und nicht später. Zwei maskierte Männer hätten die Bank überfallen, so hatte es in der Zeitung gestanden. Einer der beiden sei auffallend schmächtig gewesen, wahrscheinlich ein Jugendlicher. Vom Fluchtauto war nur bekannt, dass es sich um einen BMW gehandelt hatte, der von einer dritten Person gelenkt wurde. Die Frau mit dem Pudel schien sich gar nicht als Zeugin gemeldet zu haben.

Trotzdem hatte ich Angst, tagelang, wochenlang. Vielleicht hielt die Polizei ihre Informationen nur zurück, um uns in falscher Sicherheit zu wiegen!

Die Vorstellung, dass mich ein Schicksal hätte erwarten können wie das der in Stammheim inhaftierten RAF-Mitglieder, war grauenvoll: das Schicksal eines Andreas Baader oder Jan-Carl Raspe, einer Gudrun Ensslin, einer Irmgard Möller, die in diesen Tagen noch darauf hofften, durch die Entführung des Arbeitgeberpräsidenten Hanns Martin Schleyer freigepresst zu werden. Aber immerhin, ganz so schlimm konnte es bei mir nicht kommen. Für einen so unbedeutenden Mitläufer wie mich hätte niemand auch nur einen Finger gerührt.

Oft habe ich später gewünscht, wir wären damals gefasst worden. Eine Gefängnisstrafe hätte ich inzwischen längst verbüßt, aber was das Entscheidende ist: Madeleine wäre noch am Leben.

## 18

Rainer musste gemerkt haben, dass ich nicht schlief. Er war aufgestanden und hatte sich auf die Kante meiner Holzpritsche gesetzt. Sein Gesicht, diesen hellen Fleck in der Dunkelheit, konnte ich nicht erkennen. Er saß einfach da, hatte sich über mich gebeugt und sagte kein Wort.

Dann seine Hand auf meinem Gesicht, seine Lippen auf meinen Wangen, meinen Augen, meinem Mund.

Es war unmöglich. Nicht jetzt, nicht gerade jetzt! Merkst du es denn nicht?

Aber ich sagte nichts, erwehrte mich auch nicht seiner Zärtlichkeiten.

Seine Hände berührten meinen Hals, glitten tiefer, strichen über meine Brust. Er suchte den Reißverschluss meines Schlafsacks und zog ihn langsam auf, während sich seine andere Hand an meinem Körper abwärts tastete.

Es war absurd.

Zuerst blieb ich steif und starr unter seinen Berührungen. Mein Verlangen nach ihm war mir entglitten, verloren zumindest für den Augenblick, vielleicht aber nicht für immer. Noch wusste ich es nicht.

Ich lag da, die Arme neben mir ausgestreckt, bis ich, fast pflichtschuldig, meine Hände um seinen Nacken legte. Ich fühlte sein Haar unter meinen Händen, zog ihn an mich heran, bis sein heißes Gesicht dicht an meinem war und sein Mund wieder meine Lippen suchte.

Rainer ließ mir die Zeit, die ich brauchte, um zu ihm zu

finden. Als ich die Nähe und Wärme seines Körpers spürte, vergaß ich alles, was früher einmal gewesen war und was mich von ihm trennte.

Später lagen wir eng aneinander geschmiegt auf der schmalen Pritsche. Als Rainer später noch einmal über mein Gesicht strich, fühlte er die Tränen auf meinen Wangen.

»Anne, was hast du denn?«

Ich schüttelte den Kopf unter seiner Hand. Ich wollte nicht reden.

Er fragte noch einmal, aber als ich nicht antwortete, strich er mir über das Haar und küsste die Tränen von meinen Wangen.

»Ich möchte lieber allein sein«, sagte ich zu ihm.

Ich merkte seine Besorgnis, ohne sein Gesicht zu sehen. Ich wollte ihn beruhigen:

»Du kannst nichts dafür. Es ist etwas anderes.«

Rainer forschte nicht weiter. Er richtete sich auf und setzte sich wieder auf den Rand meiner Pritsche. Dann hüllte er mich in meinen Schlafsack und zog den Reißverschluss zu wie bei einem kleinen Kind, das man zu Bett bringt. Eine Weile blieb er so sitzen, hielt meinen Kopf zwischen seinen Händen, küsste mich noch einmal, dann ließ er mich wieder allein. Ich presste meine Stirn gegen den kalten Lehm der Wand und weinte lautlos. Meine Schuld am Tod von Sarahs Mutter würde ich ihm niemals eingestehen können.

In der zweiten Nacht nach unserem Überfall hatte ich beschlossen, nicht mehr mitzumachen. Ich war aufgestanden, um Madeleine zu schreiben. Sie sollte es den anderen sagen. Mir fehlte der Mut, es selbst zu tun.

Um sechs Uhr morgens saß ich immer noch an meinem Schreibtisch, zitternd vor Kälte, Angst und Aufregung.

Ich zweifelte nicht mehr daran, dass Jan meinen Brief von Madeleine fordern würde. Bei jedem Satz, den ich schrieb, hörte ich seine Stimme, der meine Sätze ins Lächerliche zog, um meinen Willen abzutöten, meine Bedürfnisse auszurotten, meine Entscheidung zu vernichten. Meine wohl überlegten Argumente, meine lange durchdachten Einsichten, was auch immer ich vorzubringen hätte, er würde es verstehen, meine Worte so zu nutzen, dass sie sich in ihr Gegenteil verkehrten. Er würde es nicht ertragen, dass ich in Frage stellte, was er für richtig hielt.

Seit vier Stunden schon arbeitete ich ununterbrochen. Immer fahriger wurde mein Gekritzel, immer hektischer meine Bewegungen, wenn ich das beschriebene Blatt zerriss, in den Papierkorb warf, ein neues nahm und wieder und wieder versuchte, zu Papier zu bringen, was mir so klar gewesen war. Längst war ich nicht mehr in der Lage, mich mit kühler Logik dem Problem zu nähern. Ich merkte, dass es sinnlos war, fortzufahren in diesem Gedankenkarussell, das sich schneller und schneller drehte, ohne zu einem Ziel zu kommen. Es nützte nichts, dass ich mich entschieden hatte und meinen Entschluss vor mir wohl begründen konnte. Jan würde mich nicht gehen lassen, nicht, wenn ich mich mit meiner Entscheidung gegen ihn stellte. Er würde nicht einlenken. Niemals konnte er zugeben, dass es einen anderen Weg gab als den, den er für richtig hielt. Ich kannte ihn. Nach bewährter Methode würde er meine gesamte Identität und alles, was ich bisher gesagt und getan hatte, in Frage stellen, bis ich mich entschied dabeizubleiben. Jan war ein überlegener Beobachter. Längst hatte er meine Selbstzweifel, meine heimlichen Minderwertigkeitsgefühle und meine Skrupel durchschaut. Das gab ihm eine fast grenzenlose Macht über mich.

Meine logischen Überlegungen waren klar: Wenn wir

auf die Solidarität der Massen hofften, mussten wir uns auf Aktionen beschränken, die viele gutheißen konnten: Protest gegen Kernkraftwerke, Besetzung von leer stehenden Häusern, Widerstand gegen steigende Fahrpreise, Kampf für Gleichberechtigung der Geschlechter, überhaupt der Kampf gegen alle Formen der Ungerechtigkeit und Unterdrückung. Ganz offensichtlich gab es viele, die bereit waren mitzumachen, obwohl der Hass gegen die, die Widerstand leisteten, nicht nur von der Springer-Presse öffentlich geschürt wurde. Nur die Ewiggestrigen, die Gleichgültigen, die Gedankenlosen traten denen, die protestierten, mit Ablehnung entgegen:

»Geht doch nach drüben«, oder: »Ab mit euch ins Arbeitslager.«

Es war augenscheinlich: In einer Eskalation von Widerstand und Gegengewalt zeigte unsere Demokratie ein Gesicht, in dem wir und viele andere mit uns die Tradition des Nationalsozialismus zu erkennen glaubten. Kundgebungen wurden mit Schlagstöcken aufgelöst, Bauern, ganz normale Bürger, die sich wehrten gegen ein Kernkraftwerk neben ihren Feldern, wurden von Polizisten verprügelt, harmlose Demonstranten gegen Fahrpreiserhöhungen mit Wasserwerfern verjagt. Die Brutalität, mit der die Staatsmacht gegen diejenigen vorging, die sich gegen das System auflehnten, hatte uns Sympathisanten geschaffen und Menschen mobilisiert, die sonst nie auf die Straße gegangen wären. Das mussten wir ausnutzen, wenn wir etwas verändern wollten. Aber mit Banküberfällen, bei denen unbeteiligte Bürger verletzt wurden, konnten wir die Sympathie der Massen nur verlieren. Der bewaffnete Kampf, der auch vor dem Gebrauch von Schusswaffen nicht zurückschreckte, selbst nicht vor Entführung und Mord, konnte der richtige Weg nicht sein. Das war zumindest meine Überzeugung.

Aber meine Argumente würden von Jan abprallen wie ein Pingpongball von der Platte. Ich kannte seine Worte. Viel zu lange, so würde er sagen, haben wir demonstriert und dafür von den Bullen die Fresse voll bekommen. Und was haben wir erreicht? Nichts, überhaupt nichts. Die legalen Mittel sind nutzlos und das Einzige, was sie zeigen, ist unsere Ohnmacht. Wenn wir etwas verändern wollen, dann nur durch den bewaffneten Kampf. Durch nichts sonst. Das war seine Ansicht. Ich konnte ihm nicht beweisen, dass meine Meinung die richtige war. Ganz im Gegenteil. Hatte er nicht Recht mit der Erfolglosigkeit aller friedlichen Demonstrationen und der Allmacht des Staates? Unsere Fahrt zwei Wochen zuvor zur Großdemonstration gegen den Schnellen Brüter in Kalkar war schon auf der Autobahn zu Ende, gestoppt von einem in dem Ausmaß nie gekannten Polizeiaufgebot. Und der Atomwahnsinn in Kalkar sollte noch vierzehn Jahre weitergehen bis zum endgültigen Aus. Sieben Milliarden Mark hatten sie bis dahin für das Projekt verpulvert. Es war nicht nur Kalkar, auch in Grohnde, in Gorleben und anderswo wurden Atomkraftwerke gebaut und überall scheiterten die Proteste der Bevölkerung an der strategischen Überlegenheit eines Massenaufgebots bewaffneter Polizisten.

Mit Jan konnte man nicht diskutieren und alle Zugeständnisse an einen Mittelweg waren ihm fremd. Er vertrat seine Meinung mit einer Brutalität, die keinen Widerspruch zuließ. Seine Stärke war eine Bedenkenlosigkeit, die sich nie rechtfertigte, und er brachte zum Ausdruck, dass sie der Rechtfertigung nie bedürfe. Dagegen war ich machtlos. Außerdem war Jan von politischer Analyse und rationalem Kalkül weit entfernt. Das wusste ich und gerade das machte die Sache so schwierig. Ich musste einen anderen Weg aus der Gruppe finden. Für den direkten, den aufrichtigen sah ich keine Möglichkeit. Ich war ihm nicht gewachsen. Und – ich war zu feige.

Ich zerknüllte den letzten Entwurf, suchte die Schnipsel aus dem Papierkorb zusammen und verbrannte alles im Aschenbecher. Dann legte ich mich wieder ins Bett.

# 19

Am nächsten Morgen hatte mich die ungewohnte Wärme geweckt. Ich war aufgestanden, als Rainer noch schlief. Wir trafen uns erst beim Frühstück, als die anderen schon am Tisch saßen, also keine Gelegenheit, mich nach meinen Tränen in der vergangenen Nacht zu fragen. Zumindest nicht jetzt.

»Fuzzy«, flüsterte Elfi mir zu. Ich verstand sie nicht, verstand nicht, warum sie flüsterte. Ihre Augen wiesen zum Nachbartisch: Ein dürres Männlein saß dort wie Fuzzy, der halbvergessene Westernheld, mit wildem grauen Bart an den jämmerlich eingefallenen Wangen und einer Hakennase, die zu groß schien für den kleinen Schädel. Die kleinen wasserblauen Augen waren eingezwängt unter buschige Augenbrauen und wichen unseren Blicken aus, als wären wir einander noch nie begegnet. Mag sein, dass er sich nicht mehr an uns erinnerte. Aber wir kannten ihn, hatten schon mit ihm gesprochen in einer Unterkunft vor dem Pass, wo er gesessen hatte wie hier mit seiner alten zerrissenen Jacke, der weiten Hose aus grobem braunen Stoff, den Pantoffeln über grob gestrickten Strümpfen und dem fleckigen Wollschal, der sich um seinen mageren Hals wand. Er aß Erdnüsse aus einem schmutzigen Leinenbeutel und trank heißes Wasser dazu.

»No worries«, hatte er zu uns gesagt, als wir uns Sorgen gemacht hatten um ihn, den alten Mann aus Australien, der trotz seiner achtundsiebzig Jahre über den

Pass gehen wollte, allein, nur mit einem nepalischen Begleiter.

Nun starrten wir ihn an, aber er beachtete uns nicht, bis Elfi ihn ansprach, neugierig wie immer.

Was wir erfuhren: Erst um sechs Uhr war er gestartet, weil ohne Lampe, und das Steigen war ihm schwer, sehr schwer geworden. Aber er hatte es geschafft. Fast dreizehn Stunden war er unterwegs gewesen und Muktinath hatte er erst in der Dunkelheit erreicht.

»Aber was zählt das? Ich habe getan, was mir in meinem Leben noch wichtig war.«

Ob er keine Angst gehabt habe, dass dieser Tag der letzte seines Lebens hätte werden können, wollte Rainer wissen.

Gäbe es denn etwas Schöneres für ihn, den alten Mann, als dort oben zu sterben, wie ein alter Indianer, der Abschied von den Seinen nimmt, um auf dem Berg allein zu warten, bis die Seele den Körper verlässt? Es wäre ein guter Tag zum Sterben gewesen. – No worries!

Ich beneidete ihn um seinen Gleichmut, ich bewunderte seine Gelassenheit, aber vor allem war ich froh, dass er die Aufmerksamkeit auf sich zog. Niemand beachtete mich. Während die anderen noch mit Fuzzy sprachen, stand ich auf und ging in unser Zimmer, um meine Sachen zu packen.

Beim Weitergehen gab ich mich heiter. Ich trottete neben Rainer auf dem breiten Weg durch die Steinwüste, erzählte Episoden von früher und ließ ihn nicht zu Wort kommen. Von meiner Zeitung berichtete ich und unterschlug ihm auch mein Scheitern nicht. Aber ich erwähnte es so beiläufig, als sei das gar nichts Besonderes gewesen, nicht mehr als ein kleiner Knick in meinem Leben, kein Problem. Jetzt ginge es wieder aufwärts, wie, das wisse ich noch nicht, vielleicht eine Stelle bei einer Zeitung oder lieber beim Rundfunk. Irgendetwas würde sich finden, trotz meiner bald fünfzig Jahre. No worries!

Ich wagte nicht, Rainer mehr von mir zu offenbaren als diese Äußerlichkeiten meiner Biografie, nichts als die Hülle meines Lebens. Seit Jahrzehnten, schon seit ich ein Kind war, hatte ich trainiert zuzudecken, was unter der Oberfläche lag. Aber die Abgründe waren nur notdürftig verborgen, bedeckt mit nichts als einer dünnen Kruste, und ringsum hatte ich Schilder gestellt ›Betreten verboten. Einsturzgefahr‹, denn ein Sturz musste unweigerlich ins Bodenlose führen. Viel zu nah war ich gestern der trügerischen Schicht gekommen, ein Fuß war schon eingebrochen, und der Rückweg auf den festen Boden wäre mir beinahe verloren gegangen.

Rainer durchschaute meine Fassade, glaubte mir meine Heiterkeit nicht.

»Anne«, unterbrach er, »jeder, der aufsteigt, läuft Gefahr zu fallen. Der Weg zum Erfolg ist wie der Weg zum Gipfel. Es braucht Kraft und Mut, nach oben zu kommen, aber leicht und schnell ist man wieder unten. Doch dann beginnt der nächste Aufstieg.«

»Das weiß ich doch. Nein, glaub mir, es ist schon alles in Ordnung.«

»Und gestern Nacht, deine Tränen? War da auch alles in Ordnung, alles kein Problem?«

Rainer meinte es ernst mit seiner Frage. Er gehörte nicht zu den Menschen, die die Antwort schon zu kennen glauben, ehe die Frage gestellt ist. Vielleicht war es auch das, was mich so angezogen hatte. Jetzt machte es mir Angst. Ich kam um eine Erklärung nicht herum.

»Nein, Rainer. Aber das war nur eine Erinnerung, nichts, was dich betrifft. Es ist längst vergangen.«

Das Wesentliche verschwieg ich und Rainer wusste es.

Ich wechselte das Thema und was ich redete, war nichts als ein Schaum von dummen Einzelheiten, Sätze und Gedanken ohne Halt und ohne Ziel wie der Flug der Schmetterlinge, die über die bizarre Trostlosigkeit der kahlen Felsen taumelten. Dann schwieg ich und lief schneller, den anderen nach, die mich retten würden aus meiner Bedrängnis.

Der Weg führte immer weiter abwärts durch eine wilde Landschaft in Braun. Überhaupt gab es nichts als diese Farbe. Braun in allen Schattierungen, braun waren die Felsabbrüche und das Geröll, braun waren die kleinen Pferde neben dem Weg und braun die verdorrten Wurzeln, die sie aus dem Boden rissen. Selbst die Schmetterlinge trugen Braun, ein lebendiges, rötliches Braun.

Nur die Gipfel der hohen Berge hinter uns, dort, wo in einem tiefen Einschnitt der Pass lag, und vor uns, jenseits des Kali-Gandaki-Tales, leuchteten in flimmerndem Weiß.

Wir beide gingen allein. Elfi und Jürgen waren mit Umesh weit voraus und kümmerten sich nicht um uns. Überhaupt ließ Elfi mich von nun an mit ihren Anspielungen in Ruhe. Am Offensichtlichen gibt es nichts mehr zu deuten.

Nach zwei Stunden hatten wir den Rand des Hochplateaus erreicht. Vor uns in der Tiefe der Kali Gandaki, der schwarze Fluss, ein von dunkelgrauen Wasseradern durchzogenes Schotterbett, das hier mehrere hundert Meter breit ist, flussaufwärts der uralte Weg nach Tibet. Unter uns der Ort Kagbeni wie das Gelobte Land in der Wüste mit großen gepflegten Getreidefeldern, eingerahmt von rosa blühenden Aprikosen und grünenden Weiden.

Eine Stunde später waren wir im Ort zwischen tibetischen Häusern, Mensch und Tier unter einem Dach, die

Fußböden und Dächer aus Lehm, dazwischen Leitern aus eingekerbten Stämmen, alles ganz ähnlich wie in Braga. Vier Tage waren seither vergangen und mit ihnen die Sehnsucht nach dem, was noch kommen sollte. Und mein Glück? Es war mir abhanden gekommen.

Wir gingen durch den Ort, vorbei an Menschen vor den Hauseingängen, an lächelnden Frauen und an Männern mit dunklen, mongolischen Gesichtern, fremd und abweisend. Dann unsere Unterkunft, ein finsteres, verwinkeltes Gebäude, aber unser Zimmer war groß und hell. Ich war am Fenster stehen geblieben, als Rainer seinen Fotoapparat nahm und nach draußen ging. Vor mir, in der klaren Luft wie zum Greifen nah, die Nordwand des Nilgiri, eine Barriere aus fast senkrechtem Riffeleis wie ein riesiges, auf der Seite stehendes Waschbrett, siebentausend Meter hoch, davor, bei den Häusern des Ortes, ein Gewirr von Kabeln zwischen hölzernen Masten, manche notdürftig miteinander verbunden, andere wehend im Wind, nackte Drähte, die im Nichts enden, vergängliches Menschenwerk unter der Ewigkeit der Berge.

# 20

Manchmal sehe ich mich als einen winzigen Teil des kribbelnden Lebens auf dem Gesteinsklumpen, der unsere Erde ist, und die Dauer meines Daseins als nichts als ein lächerliches Bröckchen Zeit. Und doch kann ich mich nicht zurückziehen auf meine Belanglosigkeit und mich nicht entschuldigen mit der Bedeutungslosigkeit meiner Person. Ich bin verantwortlich für jede meine Entscheidungen und für jeden Augenblick, in dem ich sie gefällt habe. Viel zu oft habe ich den rechten Augenblick versäumt und viel zu selten gab es eine zweite Chance. Auch den Zeitpunkt, unauffällig aus der Gruppe zu entschwinden und mich zu entziehen mit Vorwänden und Ausflüchten, habe ich verpasst. Was sich zehn Tage nach dem Banküberfall ereignete, musste uns teilen in Ja oder Nein. Dazwischen gab es nichts, was die Gruppe akzeptieren konnte. Es gab nur noch zwei Wege, der dritte, der Weg des ›Heute nicht, vielleicht später wieder‹ war verschüttet. Einen von den verbleibenden habe ich gewählt. Es war der falsche.

Der Augenblick, als Deutschland begann, den Atem anzuhalten, war zunächst unbemerkt an mir vorbeigegangen. Ich war an diesem Tag spät nach Hause gekommen. Zum ersten Mal nach dem Banküberfall hatte ich freiwillig das Gefängnis meiner eigenen vier Wände verlassen und war unter Menschen gegangen. Nur in das Dunkel eines Kinos hatte ich mich vorgewagt, aber ich war stolz und erleichtert. Die Abendnachrichten waren mir dadurch entgangen, das einzige Mal in dieser Woche. Erst am nächsten Morgen las ich es in der Zeitung.

In den Mittagsstunden des dreizehnten Oktobers hatten mehrere Personen die Lufthansa-Maschine »Landshut« auf dem Flug von Mallorca nach Frankfurt in ihre Gewalt gebracht. Einer der Entführer hatte sich über Funk gemeldet:

*»Hier spricht der Hauptmann Walter Mohammed. Das Flugzeug der deutschen Gesellschaft ist unter Kontrolle. Die Gruppe, die ich vertrete, fordert die Freilassung unserer Genossen, die in den deutschen Gefängnissen in Haft sind. Wir kämpfen gegen die imperialistischen Organisationen der Welt.«*

Keine Rede von einem Zusammenhang zwischen der Flugzeugentführung und der Verschleppung von Schleyer, aber für mich gab es nicht den geringsten Zweifel. Was die Entführung des Arbeitgeberpräsidenten in fast sechs Wochen nicht bewirkt hatte, sollte über das Pfand von achtzig oder neunzig oder noch mehr Menschenleben erzwungen werden, nämlich die Freilassung von elf RAF-Mitgliedern aus deutschen Gefängnissen.

Eine Odyssee des Schreckens, ein Alptraum für Passagiere und Mannschaft, der 106 Stunden dauern sollte, hatte begonnen. Nach einer Zwischenlandung in Rom war die Maschine in Zypern gelandet. Bald darauf war sie wieder in der Luft. Das Ziel war nicht bekannt.

Ich musste zur Arbeit, auf die Neuigkeiten im Radio konnte ich nicht mehr warten.

Von nun an nutzte ich wieder jede Gelegenheit, die Nachrichten zu hören, meist allein, manchmal zusammen mit Madeleine, manchmal war auch Jan dabei. In diesen Tagen war Jan freundlich zu mir wie nie zuvor. Ich hielt es für Sympathie.

Der Irrflug hatte über mehrere arabische Flughäfen geführt. Dann Zwischenlandung in Bahrein, das Ziel danach Dubai am persischen Golf. Jetzt, einen Tag nach der Entführung, die Bestätigung: Die Schleyer-Entführer und die Luftpiraten arbeiteten Hand in Hand. Den Wortlaut des Ultimatums las ich am nächsten Tag in der Zeitung:

*»Falls die Gefangenen nicht freigelassen werden ... werden sowohl Herr Hanns Martin Schleyer als auch alle Passagiere und die Crew der Lufthansamaschine 737, Flugnummer LH 181 sofort getötet«*, hieß es unter Punkt 6.

Die Todesdrohung, dabei die groteske Höflichkeit der Anrede, die widerliche Gewissenhaftigkeit, als könnte es Zweifel geben, welches Flugzeug gemeint ist! Nein, ich bin mir sicher, dass ich mich nicht mit den Entführern identifizierte. Vielleicht mit denen, die im Gefängnis waren, das kann ich nicht ausschließen. Niemals jedoch stand ich auf der Seite der Entführer.

Dann das Warten, das Hoffen, das Bangen. Meine Hoffnung natürlich die Freilassung der Geiseln. Was verband mich wirklich mit einem Andreas Baader, einer Irmgard Möller, einem Günter Sonnenberg oder wie sie sonst noch hießen? Die Kluft zwischen der RAF und mir war gewaltig, so empfand ich es jedenfalls, und damit beruhigte ich mich. Aber ich hielt meine Meinung zurück. Noch schien niemand in der Gruppe meine Auffassung zu teilen. Oder wagte nur niemand zu widersprechen, genau wie ich? Waren andere genauso unsicher über das, was sie dachten und fühlten wie ich?

»Mit der RAF habe ich nichts zu tun«, das waren Madeleines Worte, als sie zum ersten Mal in meiner Wohnung stand. Ich hatte damals nicht geahnt, wie brüchig die Schranken in Wirklichkeit waren, wie unscharf die Grenzen. Hier die Genossen der Revolutionären Zellen –

dort die Genossen der RAF. Hier unsere Sandkastenspiele für den guten Zweck – dort der Terrorismus. Hier der Weg in eine bessere Gesellschaft, dort die Anarchie, die auch meine kleine Welt bedrohte. Aber diese klare Trennung war eine Fiktion in meinem Kopf. Sie existierte nicht wirklich. Die Revolutionären Zellen waren ein Teil der bewaffneten Linken, ein Teil der Stadtguerilla, genau wie die RAF. Und ich gehörte dazu.

Es war eine seltsame Mischung aus Grauen, Angst und Hoffnung, die ich in diesen Tagen nicht abschütteln konnte. Die Freilassung der Gefangenen – habe ich auch die erhofft?

Ja, ich kann es nicht leugnen, es gab einen Teil in mir, der stand auf der Seite der Gefangenen, zumindest zeitweilig, der war empfänglich für Worte wie »Isolationsfolter« und »Vernichtungshaft« und der glaubte daran, dass der Staat dabei war, das Leben der Inhaftierten systematisch zu zerstören. Und dieser Teil in mir war nicht frei von der Hoffnung auf ihre Befreiung. Aber Mittel wie Flugzeugentführung und Mord habe ich nicht gebilligt. Niemals. Wirklich niemals.

Mit der Entführung der »Landshut« wurde fortgesetzt, was schon mit der Verschleppung von Hanns Martin Schleyer unübersehbar geworden war. Nicht die politischen Ziele bestimmten das Handeln, sondern die Befreiung der Gefangenen. Aber erst durch die Flugzeugentführung bekam die Gewalt eine neue Dimension. Nie zuvor hatten sich die Aktionen der RAF gegen unbeteiligte Zivilisten gerichtet und niemals hätte dies geschehen dürfen wie so vieles, was geschehen war. Jeder Mord ist ein Verbrechen, das durch nichts, wirklich nichts, zu rechtfertigen ist. Auch die Ermordung des Generalbundesanwalts Siegfried Buback, des Bankiers Jürgen Ponto und die von Polizisten und Leibwächtern. Trotzdem war ich zerrissen zwischen meinem Hoffen für die Geiseln und etwas wie Mitgefühl für die Gefangenen. Ich war verflochten in das Geschehen und wusste nicht, was ich selbst denken wollte und was die Gruppe mir suggerierte. Nie in meinem Leben war ich so ratlos gewesen.

Das erste Ultimatum verstrich, ohne dass etwas geschah.

Am vierten Tag der Entführung, nach siebzig Stunden in der Gewalt der Entführer, hob die »Landshut« wieder ab. Wohin, war unklar. Kein Land wollte sich an der Affäre die Finger verbrennen. Dann, am Nachmittag des sechzehnten Oktober, nach einem vierstündigen Irrflug, die Landung in Aden im Südjemen, ohne Landeerlaubnis auf einer Sandpiste neben den mit Panzerfahrzeugen blockierten Landebahnen.

Noch in der Nacht Weiterflug in Richtung Mogadischu. Der Schock: Die Entführer werfen den Leichnam des Flugkapitäns auf die Piste. Sie hatten Jürgen Schumann erschossen, hingerichtet, kniend im Mittelgang, weil sie ihn für einen Verräter hielten.

# 21

Unvermittelt waren sie da, die fernen Töne, an- und abschwellend ohne Pause, ein fremder, metallener Klang, der mich aus meinen Erinnerungen riss und mich ganz gefangen nahm. Ich verließ das Zimmer und trat auf den Weg zwischen den Häusern, ging hierhin und dorthin, immer noch lauschend, versuchte das Rätsel zu lösen und den Ursprung der Töne zu finden, die sich zwischen den Mauern brachen. Sie kamen von überall, von nirgends, erfüllten die Luft, ohne ihre Herkunft zu offenbaren. Und der Wind, der durch das Tal blies, trug den Schall mit sich fort in den Wolken aus wirbelndem Staub. Dann fand ich mich auf dem Weg zum Kloster. Jetzt wurde es deutlicher, ein Blasen, nicht wie Posaunen oder Trompeten, ein rauer, tiefer, ein eigenartiger, nie gehörter Klang. Es mussten zwei Instrumente sein, manchmal rieben sich die Töne, kreisten umeinander, mal verstummte einer, nie jedoch beide gleichzeitig. Bald stand ich vor dem Kloster. Der Widerhall von den Häusern war hier laut und mächtig und drang auf mich ein, unausweichlich, wie die körperlichen Berührungen in einer Menschenmenge, bis die Musik plötzlich abbrach. Die Ruhe war jetzt von einer eigenartigen Intensität, wie mit Händen greifbar, eindringlich wie der Schall zuvor, bis ein Singsang von betenden Männerstimmen einsetzte, manchmal unterbrochen vom scheppernden Klang einer Gebetsglocke.

Ich stand versunken, eingetaucht in eine mir längst verloren gegangene Frömmigkeit, tat nichts als lauschen, hören, in mich aufnehmen. Die Hand, die sich auf meine Schulter legte, ließ mich zusammenfahren. Aber dann war ich froh über die unerwartete Begegnung, war froh, Rainer zu sehen, war froh, dass er hörte, was mich so fesselte, dass er mit mir teilte, was ich erlebte. Ich umarmte ihn, als hätten wir uns lange aus den Augen verloren, glücklich, als sei dies die erste Begegnung nach endloser Trennung.

Rainer hielt mich fest und so standen wir umschlungen, bis die betenden Stimmen schwiegen, die Glocke verstummte und nichts zu hören war als der Wind, der um die Klostermauern wehte, und der Schrei eines Esels in der Ferne. Gemeinsam gingen wir weiter, schlenderten durch den Ort, Arm in Arm wie ein altes Ehepaar, und Rainer erzählte, was er zuvor von den Mönchen erfahren hatte. Er sprach von ihrer Flucht aus Tibet, von der Bedrohung und Unterdrückung durch die Kommunisten in China, von der Schändung der Klöster, von zerstörten Heiligtümern und von den Büchern, den unersetzbaren Schätzen, die die Mönche vor der Vernichtung aus Tibet hierher gerettet hatten. Rainer hatte sie selbst gesehen, manche der Bücher waren fünfhundert oder sechshundert Jahre alt, mit uralten Mantras, Tantras und Sutras. Und er hatte gehört von der Flucht über die hohen Pässe des Himalaja, mitten im Winter in Schneesturm und eisiger Kälte, wenn die Fliehenden hoffen konnten, nicht auf chinesische Grenzposten zu stoßen. Nicht nur Mönche waren aus Tibet gekommen, auch Nonnen, auch Studenten, ganze Familien mit Kindern auf der Flucht vor Unterdrückung und Zwang. Von Erfrorenen und Verhungerten hatte er gehört, von vielen, die nie ans Ziel gekommen waren. Ich dachte an unsere aufwändige Ausrüstung und wusste um den dürftigen Schutz der Menschen hier gegen

Kälte und Schnee. Feste Schuhe oder warme Jacken, das hatten die allerwenigsten, geschweige denn einen Schlafsack.

Später hatte ein Mönch von den Maoisten in Nepal gesprochen, von ihrem Kampf gegen die Armut der Bevölkerung, dem Kampf gegen die Preissteigerungen, die die Schwachen am härtesten traf, und dem Kampf gegen die Monarchie und die korrupte Regierung. Dann hatte er Rainer vom Terrorismus der Maoisten erzählt und vom Bürgerkrieg mit hunderten von Toten. Noch in Rainers Worten klang die Furcht des Mannes durch, die Angst vor Mord und linker Gewalt. Hammer und Sichel an Häusern und Heiligtümern in Katmandu – bemerkt hatte ich die Schmierereien, aber ich hatte den Grund nicht gewusst.

Ich hörte Rainer zu und schwieg. Meine Gedanken schweiften ab, verhedderten sich mit Erinnerungen an unseren eigenen Kampf für eine menschlichere Gesellschaft, blieben hängen an den Toten, hier wie dort, die der Preis sein sollten für eine bessere Welt ohne Unterdrückung und ohne Arm und Reich. Friede den Hütten, Krieg den Palästen.

Rainer verstummte nun auch und eine Weile gingen wir wortlos. Vielleicht hielt er mein Schweigen für Gleichgültigkeit, denn er wechselte das Thema. Und ich dachte immer noch an die Maoisten und ihre Ziele, an denen ich nichts Verwerfliches entdecken konnte. Aber ich dachte auch an die Mittel, die noch schlimmer waren als die Ungerechtigkeit und die Vergehen, gegen die sie sich wandten. Rainers Worte drangen jetzt nicht mehr in mein Bewusstsein. Seine Frage kam deswegen für mich ganz unvermittelt:

»Kannst du verstehen, wie das ist, wenn man nach Hause kommt und die Frau ist nicht mehr da?«

Ich missverstand ihn, dachte an die Tibeterinnen, dachte an Nonnen – wieso ›die Frau‹ und wer kam nach Hause? –, dachte an alles Mögliche, bis ich endlich begriff: Rainer sprach von sich und der Frau, von der er geschieden war.

Rainer redete weiter, ohne auf meine Antwort zu warten. Ich hörte ihm wieder zu und sah seine Frau vor mir, ein ängstliches, unsicheres junges Mädchen, das einen Sohn zur Welt bringt, selbst nur halb erwachsen. Rainer kümmert sich um alles, muss sich um alles kümmern, ihr alle Hindernisse aus dem Weg räumen, ihre Probleme lösen. Allein ist sie hilflos. Doch dann wendet sie sich an eine Psychologin. Rainer weiß nicht, wer ihr dazu geraten hat, aber er hat sie nicht gehindert, wenn er auch den Sinn nicht verstand. Wozu eine Psychologin, hatte sie doch ihn, der ihr zuhörte und mit dem sie alles besprechen konnte. Wenige Wochen später, fast von einem Tag auf den anderen, will sie Rainers Hilfe nicht mehr, lehnt sich gegen ihn auf, ohne Grund, denn nie habe er ihr im Weg gestanden, nie musste sie sich gegen ihn durchsetzen, nie habe es eine Spur von Bevormundung gegeben.

Sie ist nicht wiederzuerkennen, nimmt ein Studium auf, kümmert sich immer weniger um ihren Sohn, den eine Kinderfrau versorgt. Dann kommt die Zeit, in der sie erst spät in der Nacht nach Hause kommt, mit fadenscheinigen Erklärungen. Trotzdem habe er die Streitereien beim Frühstück nicht gewollt, aber sie ist es, die anklagt, sie wirft ihm seine Dominanz vor, Unterdrückung sogar, auch Missgunst und Neid, als gäbe es einen Grund dafür. Er nennt sie undankbar, versteht nicht ihre Unzufriedenheit und ihre Vorwürfe. Eines Tage packt sie ihre Sachen, während er am Operationstisch steht. Der Sohn ist im Kindergarten, sie kommt nicht, ihn abzuholen, sie kommt gar nicht mehr, aber eines Tages, als er schon gar nicht mehr mit ihr rechnet und die Kinderfrau den Sohn vom Kindergarten abholen will, ist der nicht mehr dort, seine Mutter sei doch längst mit ihm gegangen. Wegen der Reise habe sie ihn früher geholt, erfährt die Kinderfrau, aber sie hatte nichts gewusst von der Reise und er habe auch nichts gewusst und keine Reise sei geplant gewesen. Doch da war die Fahrt nach München, denn seine Frau hatte das neue Semester in München begonnen, und sein Sohn sei nun auch dort bei seiner Mutter und vielleicht sei das gut so.

Rainer verstand immer noch nicht, warum sie ihn verlassen hatte. Er habe sich doch immer um sie gekümmert, auch um das Kind, habe ihr immer geholfen, wo er nur konnte, trotz seines Berufes. Sie hätte alles haben können, auch studieren können hätte sie an seiner Seite. Und er suchte die Schuld bei der Psychologin, alles wäre gut gewesen ohne sie, alle waren doch zufrieden. Wozu dann plötzlich das Theater? Nichts gab es, was sie hätte gewinnen können, als sie ihn verließ.

Ich nickte, obwohl ich ihm nicht zustimmte.

Rainer der Helfer. An seiner Seite hätte sie immer hilflos bleiben müssen.

Wir waren durch den ganzen Ort gegangen, flussabwärts, bis die letzten Häuser hinter uns lagen. Vor uns nun rosa blühende Aprikosenbäume hinter niedrigen Mauern aus Feldsteinen. Hoch oben am Himmel silbrige Wölkchen, federleicht über der Schattenwand des Niligiri. Es war kühl geworden vom Wind, der durch das Tal wehte, und Rainer gab mir seine Jacke, als wir langsam zur Unterkunft zurückgingen. Zum Abendessen kamen wir zu spät.

Nachher standen wir uns gegenüber, wortlos, in unserer Kammer im Licht der schwachen Glühbirne, die in einer zerbrochenen Fassung von der Decke hing. Rainers

Frage spürte ich, ohne dass er sie stellte. Ich ging auf ihn zu und legte meine Arme um seinen Hals. Was gestern noch zwischen uns stand, hatte ich beiseite geschoben. Die Tote konnte ich nicht zum Leben erwecken. Auch nicht durch das Eingeständnis meiner Schuld.

Draußen bellten die Hunde. Dutzende mussten sein, die keine Ruhe gaben mit ihrem Gekläff, der Ort war voller Hunde, das ganze Tal, und von überall her hallte das Gebell wider. Die ganze Nacht ging es so und ich fand keinen Schlaf.

# 22

Am Tag, als die Entführer den toten Flugkapitän aus dem Flugzeug warfen, kam es zum offenen Streit in der Gruppe. Es war Madeleine, die sich distanzierte, die Kritik übte an der Flugzeugentführung, am sinnlosen Morden und am Todestrip der RAF. Todestrip, sagte sie, als habe sie geahnt, was sich in der darauffolgenden Nacht ereignen sollte.

Madeleine war verschwunden gewesen nach dem Banküberfall und tagelang wussten wir nicht, wo sie sich aufhielt. Nach ihr zu forschen hatte ich nicht gewagt, aus Angst um mich selbst, aus Angst vor Entdeckung.

Nur mir erzählte sie später, dass sie in diesen Tagen zu ihrer Mutter zurückgekehrt war, in das alte Haus, das ich noch von unserer Schulzeit kannte, in die Puppenstubenwelt inmitten eines Parks, in eine Welt aus Nippes, alten Standuhren und Möbeln aus der Biedermeierzeit, in Zimmer wie auf Gemälden von Spitzweg. Sie war heimgegangen in ihr Mädchenzimmer, zu den Plüschteddybären, die noch auf ihrem Bett lagen, hatte auf ihrer Flöte gespielt und in ihren Pferdebüchern gelesen. Aber dann sah sie, jemand hatte das Kästchen gewaltsam geöffnet, in dem sie ihre Briefe aufbewahrte, und jemand hatte die kleinen Schlösser an ihren Tagebüchern aufgebrochen.

»Warum hast du das getan?«, hatte sie ihre Mutter gefragt. Die aber hatte bestritten, die Schuldige zu sein.

Dann, am selben Tag, die Entführung der »Landshut«.

Es war unvermeidlich, darüber zu sprechen, jedermann sprach darüber, über nichts anderes fast, also auch Madeleine mit ihrer Mutter. Madeleine hatte verteidigt, wovon sie sich jetzt distanzierte, hatte mit ihrer Fürsprache für die Gefangenen provoziert, bis ihre Mutter tränenüberströmt auf dem geblümten Biedermeiersofa saß und die Hände rang, begann sie doch zu ahnen, dass ihre Tochter in irgendeiner Weise an diesem Drama beteiligt war. Noch am selben Abend verließ Madeleine ihre Mutter.

»Bis bald«, sagte sie, als sei es ein Abschied wie jeder andere.

Sie sollten sich niemals wieder sehen.

Es war Madeleines Widerspruchsgeist, ihre Freude an der Provokation, davon bin ich überzeugt, was hätte sie sonst veranlassen können, sich jetzt gegen die Gruppe zu stellen. Was sie ihrer Mutter gegenüber verteidigt hatte, ließ sie hier fahren, ließ Jan toben, scheinbar gleichmütig, als ginge es gar nicht um sie und um ihre Meinung, saß mit leerem Blick, ihre wasserblauen Augen nirgendwohin gerichtet. Es war ihre Ist-mir-doch-egal-Miene, ihr Macht-was-ihr-wollt-Gesicht. So hatte ich sie gesehen, wenn sie in der Schule den Streit vom Zaun gebrochen hatte, der sie im nächsten Augenblick nichts mehr anzugehen schien. Meinerseits dann Zorn, damals und jetzt, waren es doch meine Knie, die zitterten vor Aufregung, und mein Hals, der zugeschnürt war aus Angst vor der Katastrophe, die sich nun ereignen musste.

Sie wurde beschimpft, nicht nur von Jan, beleidigt, erniedrigt. Sie sei das Messer im Rücken der Revolution, ihre Worte eine erbärmliche Geste der Untertänigkeit, ein Arrangement mit dem Bestehenden, ein jämmerlicher Kniefall vor der Staatsgewalt. Dann verlor Madeleine doch die Fassung, unvermittelt, kurz vorher noch unbeteiligtes Schulterzucken, sie weinte plötzlich, hemmungslos, wie sie im Auto an meiner Schulter geweint hatte. Sie beruhigte sich erst, als die anderen längst von ihr abgelassen hatten.

An diesem Abend blieb Jan bei mir, als sich die Gruppe trennte. Es wäre absurd gewesen, an Liebe zu glauben, auch meinerseits keine Spur davon. Es gab andere Gründe, ihn nicht fortzuschicken. Ich sah es als Zeichen der Anerkennung, dass er mit mir schlief, das erste, seit wir uns begegnet waren. Aber es war nicht einmal dies. Nichts als grausame Berechnung war es, nichts als seine Fähigkeit, mich, uns alle, in eine totale Abhängigkeit zu bringen. Das Mittel war der Wechsel zwischen Verachtung und Zuwendung, zwischen Hohn und Anerkennung und zwischen Vernichtung und Unterstützung. Was mir blieb, als ich dies erkannte, viel später erst, war ein Gefühl der Erniedrigung.

In derselben Nacht, der Nacht zum achtzehnten Oktober, das Ende der Entführung in Mogadischu. Niemand an Bord der »Landshut« hatte die Boeing 707 aus Deutschland bemerkt. Sie landete zwei Kilometer entfernt auf einem entlegenen Teil des Rollfelds. Alle Lichter waren ausgeschaltet. An Bord die Männer der GSG 9. Zwei Stunden brauchten sie, bis die Vorbereitungen abgeschlossen waren. Dann, um 0.05 Uhr, die Detonation der Sprengsätze an den Türen der entführten Maschine, Augenblicke später Blendgranaten, die die Entführer kampfunfähig machten. Sieben Minuten später war das Ganze vorbei. Alle 86 Geiseln unverletzt befreit – ein Wunder –, drei der Entführer tot, die beiden Männer und eine der beiden Frauen. Nur die Libanesin Souhaila Sayeh überlebte schwer verletzt.

Deutschland jubelte.

Acht Stunden später wurden Gudrun Ensslin, Jan-Carl

Raspe und Andreas Baader tot in ihren Gefängniszellen aufgefunden. Selbstmord, die Männer durch Erschießen, Gudrun Ensslin durch Erhängen, so lautete die offizielle Version. Aber wir glaubten nicht an Selbstmord, wir glaubten an Mord. Nach dem Tod der Gefangenen würde es ein zweites Mogadischu nicht geben.

Hanns Martin Schleyer wurde am nächsten Tag im Kofferraum eines grünen Audi 100 aufgefunden, auch er tot. Dreiundvierzig Tage nach seiner Entführung war er von seinen Bewachern mit drei Kopfschüssen hingerichtet worden.

Fünfundsiebzig Tage nach der Geiselbefreiung, zur selben Uhrzeit, zu der auch die Türen der Lufthansa-Maschine aus ihren Halterungen gerissen wurden, genau um 0.05 Uhr, starb Madeleine.

Nie wieder danach habe ich meinen Fuß auf Hamburger Boden gesetzt. Ich bin durch die Vororte gefahren, wenn es nicht zu vermeiden war, über die Autobahn von Süden kommend, bei Hamburg-Harburg über die Süderelbe, niemals aber danach über die Elbbrücken in die Stadt hinein, sondern im Osten über die Norderelbe, durch Billstedt, dann lag Hamburg schon hinter mir.

Warum ausgerechnet Hamburg, warum gerade die U-Bahn-Station Sternschanze?

Vielleicht wäre sonst alles anders gekommen.

# 23

Am nächsten Morgen als Erstes der Blick aus dem Fenster. Die Nordwand des Nilgiri blutigrot im frühen Morgenlicht. Wieder der Anblick der Stromleitungen. Für einen Augenblick hatte ich die wahnwitzige Idee, Rainer von dem Anschlag zu erzählen, eine plötzliche Eingebung, die mich im selben Augenblick zutiefst erschreckte, wie der jähe Gedanke beim Blick von einem Turm, in die Tiefe zu springen. Ich ließ es bleiben.

Das Buch war der Auslöser, der letzte Anstoß zumindest, dass ich selbst aktiv wurde, und der einzige Anlass für den unsinnigen Anschlag auf die Stromleitungen. Madeleine hatte den Band vor sieben oder acht Jahren gekauft, ganz legal. Sie war nicht nur deswegen in die Schweiz gefahren, natürlich nicht, aber gesucht hatte sie nach dieser skurrilen Fibel, hatte in Buchhandlungen gefragt, vergeblich, dann in Antiquariaten. Es war der kleinste aller Läden gewesen, wo sie endlich fündig wurde, zwei staubige Zimmerchen, voll gestopft mit Büchern aller Art, Romane, die kein Mensch mehr lesen wollte, zerfledderte Lehrbücher mit Neuigkeiten, die längst keine mehr waren, vergilbte Ratgeber zu Fragen, die niemand mehr stellte. Der dürre Alte am Schreibtisch, mit Mantel wegen der Kälte, hatte gegrinst mit braunen Zähnen, hatte sich zwischen den schiefen Bücherstapeln auf dem Boden hervorgeschält, ohne Verwunderung, hatte das Buch aus dem Regal genommen, gleich aus dem vordersten, und es ihr gereicht, als sei es ein Buch wie jedes andere.

Jetzt hielt ich es in der Hand. Der Einband: Menschenmenge von hinten, bieder, die Männer mit Hüten, die Frauen mit Perlonstrümpfen und hochhackigen Schuhen, dick darüber blutroter Stacheldraht. Der Titel: »Der totale Widerstand. Kleinkriegsanleitung für jedermann.« Geschrieben von einem Schweizer Major mit einem ›von‹ im Namen. Daran erinnere ich mich noch. Inzwischen gehörte das Buch Jan. Warum, wusste niemand. Er war es auch, der es mir zum Lesen gegeben hatte. Nicht ohne Grund, davon war ich überzeugt. Also nahm ich es persönlich. Als Verpflichtung. Als Erwartung. Was tut man nicht alles nur aus dem Grund, weil es von einem erwartet wird. Oder weil man sich die Erwartungen einbildet.

Keine Frage, das Buch war ungewöhnlich in seiner naiven, bisweilen komischen Sachlichkeit, dabei brutal und ohne jedes Mitleid: ›Die einfachste und sicherste Methode, um einen Posten zu erledigen, ist das Erschlagen mit dem Handbeil.‹ Daneben zur Demonstration Skizzen von Wachtposten, unbekleidet und bekleidet mit dem Beil im Rücken. Weiterhin eine Anleitung für Anschläge aller Art, auf Fahrzeuge, Eisenbahnen, Flughäfen, Brücken, auf Stromleitungen, eigentlich auf alles, worauf ein funktionierender Staat angewiesen ist, das Ganze in gewissenhafter Systematik und erklärt bis ins kleinste Detail – schließlich war es eine Anleitung für jedermann, da musste es der Dümmste verstehen.

Gelobt sei der Mann, der den deutschen Terroristen das Know-how lieferte, so dachten wir damals. Von Fahrkartenautomaten stand nichts in dem Buch. Die interessierten nicht, außerdem waren sie noch nicht erfunden gewesen. Auch sonst war nicht alles auf dem neuesten Stand. Wo gab es noch eine Dampflokomotive, die man mit einer durch die Feuerungstüre geworfenen Sprengladung demolieren konnte? Ein Glück für die Schweizer Bevölkerung, dass sie sich bislang nicht mit dem Buch in der Hand gegen eine Besatzungsmacht wehren musste, die Mittel dürften veraltet sein. Ich las es trotzdem von der ersten bis zur letzten Seite. Das Motto am Schluss: ›Es ist besser, stehend zu sterben, als kniend zu leben!‹ Mit Ausrufezeichen.

Madeleine starb stehend.

Das mit den Stromleitungen schien ganz einfach zu sein, ich traute es mir sogar in einem Anfall von Verwegenheit allein zu. Niemandem erzählte ich davon, niemand sollte mir reinreden. An Sprengstoff – für Hochspannungsmasten – hatte ich mich nicht herangetraut. Schon der Gedanke an Ammoniumnitrat, Bleimennige und Aluminiumpulver oder eine andere fürchterliche Mixtur auf meinem Küchentisch war unerträglich. Draht hatte ich besorgt, Blumendraht, das war nicht verdächtig. Ein Stück Eisen zum Beschweren hatte ich nicht, also knotete ich den Draht um den Hals einer Flasche. Das war mein Werkzeug, dazu die passende Kleidung – schwarzer Rollkragenpullover und schwarze Hose –, außerdem eine Taschenlampe und ein Bekennerschreiben mit einer ordentlichen Erklärung, wie es meine Art ist. Unter anderem hieß es:

*In einer Zeit, wo die legalen Widerstandsformen zunehmend illegalisiert werden und die Staatsschutzbehörden nichts anderes zu tun haben, als AKW-Gegner zu monatelangem Knast zu verurteilen, können wir es uns nicht leisten, nur rumzusitzen und zu debattieren, sondern wir müssen alle Formen des Widerstandes jetzt und sofort organisieren. Wir dürfen uns im Kampf gegen die lebensvernichtenden Atomanlagen unsere Widerstandsformen nicht von der herrschenden Atommaffia vorschreiben lassen* u.s.w. Und am Schluss:

*Wir fordern:*

*– sofortige Stilllegung aller Atomanlagen!*

*– Einstellung aller Straf- und Ermittlungsverfahren gegen AKW-Gegner!*

Das Schreiben war mir leicht gefallen, die Gedanken, die Sätze waren mittlerweile zu meinen eigenen geworden, aber alles andere war schwieriger. Der Draht solle an einem eisernen Parkgitter befestigt werden, um ihn zu erden, so stand es in dem Buch, aber was nützten mir alle Gitter, die ich in den vergangenen Tagen gefunden hatte, wenn keine Stromleitung in der Nähe war? Also radelte ich in der Finsternis einer mondlosen Nacht zur nächsten einsam gelegenen Bahnlinie. An einem schaurigen Platz bei den Kiesteichen, fernab jeder Autostraße, kämpfte ich mich durch das nachtfeuchte Gebüsch des Bahndamms und befestigte im Schein meiner Taschenlampe den Blumendraht an den Schienen. Die waren mindestens so gut wie ein eisernes Parkgitter, um einen Kurzschluss herbeizuführen. Glücklicherweise kam kein Zug, der meinem Vorhaben ein jähes Ende hätte bereiten können.

Die Leitungen neben der Bahn hatten es mir schon als Kind angetan, die schwarzen Striche vor den Fenstern, ihr endloser Reigen von Auf und Ab, ihr Tanz im immergleichen Rhythmus vor fliegender Landschaft, mal langsamer, mal schneller, ein langer Bogen nach unten, dann rasch nach oben und mit einem Hüpfer am Mast vorbei, wieder eine Delle, ein Hüpfer und immer so fort, hundert Mal, tausend Mal. Ein würdiges Ziel für meinen Anschlag, so fand ich jedenfalls.

›Achtung!‹ hatte es in der Anleitung geheißen. ›Den Draht beim Wurf sofort loslassen. Nach erfolgtem Kurzschluss kann in einem gewissen Umkreis eine starke Erdspannung entstehen. Diese ist jedoch nur gefährlich, wenn ihr Bereich mit raschen, großen Schritten verlassen wird. Der Saboteur muss deswegen langsam und mit kurzen Schritten weggehen.‹

Meine Angst war entsetzlich, meine Furcht vor gewaltigem Knall, vor grellem Lichtbogen, vor Stromschlag und Verbrennungen. Nur die Hoffnung auf Erfolg – auf was für einen Erfolg eigentlich? –, auf Anerkennung, auf Lob hielten mich davon ab, meinen Draht und meine Flasche wieder einzupacken und nach Hause zu fahren. Also warf ich. Schräg nach oben, wo die Leitung sein musste. Mehr konnte ich in der Schwärze der Nacht nicht erkennen. Ich rannte davon, kaum dass ich die Flasche losgelassen hatte. Langsames Gehen mit kurzen Schritten: ein Ding der Unmöglichkeit bei meiner Angst. Einen, zwei, höchstens drei Schritte hatte ich gemacht, als ich den Knall hörte. Es war die Flasche, die am Boden zerschellte. Sonst geschah nichts, kein blau blitzendes Feuerwerk, keine glühenden Drähte, kein Verlöschen der Lichter in den fernen Häusern, nichts, rein gar nichts geschah.

Dann aber: mein Fahrrad! Ich fand mein Fahrrad in der Dunkelheit nicht mehr! Minutenlang tastete ich mich im trüben Schein meiner Taschenlampe durch das Gestrüpp am Bahndamm, blieb in Dornenranken hängen und stolperte in Löcher zwischen den Grasbüscheln, bis ich es endlich entdeckte.

Mein Bekennerschreiben hatte ich in der Aufregung in meiner Tasche vergessen und zum Umkehren fehlte mir der Mut. Also nahm ich es wieder mit nach Hause. Dort suchte ich nach Streichhölzern oder einem Feuerzeug, um das Papier zu verbrennen, aber ich fand beides nicht. Ich riss das Papier in hundert Fetzchen und warf sie ins Klo, spülte in den Konfettiwirbel, einmal – die Schnipsel tanzten wieder empor –, zweimal, dreimal, bis endlich die letzte verräterische Spur meine Wohnung verlassen hatte.

Dann rief ich Madeleine an – ich konnte jetzt nicht zu Bett gehen, ohne mit irgendjemanden zu sprechen –, aber sie war nicht zu Hause. Ich wählte Jans Nummer. Als er abhob, Stimmen im Hintergrund, Gelächter, Radiomusik. Er verstand nicht, was ich wollte, und ich wollte nicht, dass er alles verstand, jedenfalls nicht am Telefon. Auch Madeleine hätte ich nicht am Telefon von meinem Anschlag erzählt, dafür war ich zu vorsichtig. Ich erkannte Madeleine in dem Gewirr der fremden Stimmen, vor allem ihr Kichern. Warum war ich ausgeschlossen von ihrem Treffen? Warum wusste ich nichts davon? Ich wollte das Gespräch beenden, wollte doch lieber für mich behalten, was ich getan hatte, zumindest bis ich mit Madeleine gesprochen hatte, aber Jan redete mit den anderen im Raum und hörte mich nicht.

»Soll kommen«, verstand ich, dann wieder albernes Gelächter und Klirren von Geschirr.

»Hast du gehört?«, fragte Jan.

Als ich den Hörer aufgelegt hatte, schon wieder Angst. Diesmal nicht vor elektrischem Strom, auch nicht vor der Polizei, aber Angst vor meinem Auftritt in dieser Runde. Trotzdem fuhr ich hin. Dann stand ich vor der Haustür und drückte auf den Klingelknopf, zweimal, noch ein drittes Mal, ohne dass sich etwas rührte. Was nun? Ich war ratlos. Ich konnte doch nicht einfach wieder gehen, schließlich rechneten sie mit mir. Ich hasse Unzuverlässigkeit. Aber es war ein Fehler, so lange zu zögern. Den Mann hatte ich nicht kommen hören und ich rammte ihm meinen Kopf vor die Brust, als ich mich in einem plötzlichen Entschluss zum Gehen wandte. Ich kannte ihn: einer der wenigen politisch aktiven Medizinstudenten, heute mutiert zum Ärztefunktionär im dunklen Anzug, damals noch Mitbewohner von Jans Wohngemeinschaft. Der Rückzug war abgeschnitten.

Oben in der Wohnung hockten sie alle beisammen, Jan mit einer Frau auf seinem Bett, Madeleine und die anderen ringsum auf Kissen oder auf dem Boden zwischen Gläsern und Tellern. Die Blonde mit dem mageren Gesicht und der strähnigen Ponyfrisur neben Jan schien ungeheuer bedeutend zu sein, jedenfalls hörten ihr alle zu, als verkünde sie das Evangelium. Dabei drosch sie nichts als längst bekannte Phrasen über das Verhältnis zwischen Mann und Frau. Sie hieß Ulrike – natürlich war es nicht die Meinhof, denn die war anderthalb Jahre zuvor mit zusammengeknoteten Handtuchstreifen um den Hals in ihrer Zelle tot aufgefunden worden – und trug einen Pullover, dessen Rollkragen bis an ihr Pferdegebiss reichte. Mein Kommen hatte niemand zur Kenntnis genommen. Ausgerechnet diese Ulrike lenkte die Aufmerksamkeit der anderen auf mich.

»Was will die denn hier?«

Jetzt wollten es auch die anderen wissen, warum ich mitten in der Nacht hier aufkreuzte, so etwas kannten sie nicht von mir, das musste einen besonderen Grund haben. Deswegen plötzlich die Stille im Raum, die Erwartung, die Blicke, alle in meine Richtung. Ich also jetzt im Mittelpunkt, nicht mehr die mit dem Pferdegebiss, auch nicht Jan wie sonst üblich. Ich musste reden, wollte ich mich nicht lächerlich machen, aber erst einmal wurde ich rot, weil mich alle so anglotzten. Jetzt fiel mir gar nichts mehr ein als die Wahrheit, so sehr ich auch suchte in meinem Kopf, also erzählte ich die, ohne Rücksicht auf die Folgen.

Dann Gelächter über meinen Blumendraht (sowieso viel zu dünn), über die zersplitterte Flasche (die hätte doch oben bleiben müssen), über den Unsinn des Anschlags, selbst wenn es tatsächlich einen Kurzschluss gegeben hätte, wenn es denn überhaupt Stromkabel waren und nicht Telefonleitungen. Das Ganze absolut läppisch. Eine Nullnummer. Sie brüllten vor Lachen. Niemand nahm mich ernst. Ich hätte es mir denken können. Aber so vernichtenden Hohn, das hatte es noch nie gegeben. Vielleicht brauchten sie es gegenüber der Fremden, meine Aktion restlos lächerlich zu machen. Als hätten sie selbst nur Großtaten zu vermelden!

Natürlich versuchte ich nun, das Ganze von der komischen Seite zu nehmen – die anderen brauchten nicht zu wissen, wie ich mich fühlte –, und lachte mit ihnen. Doch was dabei herauskam, war nur eine vor Scham verzerrte Grimasse. Ich hoffte, die Erde würde sich unter meinen Füßen auftun und mich gnädig verschlingen. Aber der Boden brach nicht auf und dann war es auch nicht mehr nötig, sie hatten schon ein anderes Thema und mich und meinen Blumendraht vergessen. Ich war wieder die, die ich immer war: eine Randerscheinung. Für mich die Gelegenheit zu verschwinden.

Als ich die Wohnungstür hinter mir zugeschlagen hatte, rannte ich, als ginge es um mein Leben, die Treppe hinunter, ein Stück die Straße entlang, dann hinüber bis zu meinem Auto. Mir war übel, übel vom Laufen, übel von der Blamage, übel von ihrem Geruch nach Rotwein, Käse und Zigarettenrauch, er klebte an mir, noch im Auto ekelte es mich, alles ekelte mich an, es hatte mich schon lange angeekelt, schon viel zu lange. Schluss damit, endgültig Schluss.

Am nächsten Abend saßen Jan und Madeleine in meiner Wohnung, ohne die mit dem Pferdegebiss, und machten Pläne. Nun doch Anschläge auf die Stromversorgung, meine Idee war ja gar nicht schlecht, nur dilettantisch durchgeführt, Hochspannungsleitungen, Transformatorenanlagen, das waren die richtigen Ziele, nicht meine lächerliche Stromleitung, die vielleicht gar keine war. Einen Hochspannungsmast wollten sie in die Luft sprengen, wie es anderswo längst geschehen war. Sie wussten: Ein italienischer Verleger war bei einem solchen Anschlag ums Leben gekommen, aber das schreckte sie nicht ab. Ich bekam den Auftrag, mit Madeleine geeignete Masten auszukundschaften, irgendwo fernab einer Straße im unwegsamen Gelände. Es sollte schwierig sein, den Schaden wieder zu beheben. Ich widersprach nicht, war wieder ganz das Kind, das gefallen will, das sich anpasst, pausenlos, aus lauter Angst, Schwäche und Abhängigkeit. Außerdem: War nicht doch gewaltsamer Protest die einzig aussichtsreiche Möglichkeit des Widerstandes gegen den Wahnsinn der Atomkraftwerke? Gewalt gegen Sachen ja, Gewalt gegen Menschen niemals. Damit dachte ich mich arrangieren zu können.

Und mein Bekennerschreiben? Keine Frage, ich würde es ein zweites Mal schreiben.

# 24

Drei Tage lang folgten wir dem Schotterbett des Kali Gandaki, der hier oben nichts anderes ist als ein Geflecht von schmutziggrauen Bächen. Vor uns die Eispyramide des Dhaulagiri, hinter uns, flussaufwärts, das Königreich Mustang, danach Tibet, nur sieben, acht Tagesmärsche von uns entfernt, trotzdem unerreichbar. Seit Jahrzehnten ist der Grenzübergang gesperrt und die uralte Handelsstraße unpassierbar geworden.

Mit uns zogen Karawanen von Maultieren, Eseln und kleinen Pferden mit ihren Treibern, hin und wieder ein Reiter, manchmal auch Träger, Männer und Frauen mit Kiepen, mit riesigen Bündeln, mit vollgestopften Hühnerkäfigen, einmal eine Gruppe mit Möbeln. »Wie Schränke mit Köpfen und beweglichen Beinen«, sagte Rainer. Wie große Käfer mit bizarren Panzern, fand ich, und die mit Tischen und Stühlen wie Käfer verkehrt herum mit ihren nutzlos ragenden Beinen.

Flussaufwärts Gruppen von Pilgern auf dem Weg zum Fest beim Kloster von Muktinath, Frauen in leuchtenden Gewändern, heilige Männer mit einer Decke über der Schulter und einem Essgeschirr. Viel mehr besaßen sie nicht. Einmal auf kurzbeinigen Pferdchen sechs Frauen, die helle Haut verhüllt bis zur Unsichtbarkeit mit Tüchern in zarten Farben, darüber Strohhüte, große Sonnenbrillen, um die Hälse Fotoapparate: Japanerinnen. Ein anderes Mal stakelte Fuzzy vor uns in kurzer Hose auf dünnen faltigen Beinchen, dunkel wie Bronze, den Leinenbeutel über der Schulter. Er hob die Hand zum Gruß und lächelte, als wir ihn überholten. No worries!

Wir waren Teil dieser Geschäftigkeit, Teil in diesem eifrigen Talauf und Talab, immer noch etliche Tagesmärsche von jeder Autostraße entfernt. Jeden Tag der kalte Wind, der hier immer weht, nur morgens nicht, dafür am Nachmittag in Sturmstärke mit Wolken von Staub, Mist und Sand, der zwischen den Zähnen knirscht.

Was mich bestürzte, war Rainers Liebe, seine Hingabe, seine Anteilnahme an allem, was ich tat, sein Bedürfnis, immer in meiner Nähe zu sein, und nachts, wenn wir allein waren, die Heftigkeit seiner Umarmungen. – Merkst du denn nicht, dass du mich längst verloren hast? Ich kann nicht mit dir zusammenbleiben und schweigen!

Oft gingen wir jetzt alle vier nebeneinander, Platz war genug, wo der Weg im Flussbett verlief. Ich hatte mich daran gewöhnt, Elfis Stimme zu hören, ohne ihre Worte zu vernehmen. Ich ließ sie an mir herunterrinnen wie Wasser an einer unsichtbaren Hülle, es lief über mich, aber ich wurde nicht nass, es berührte mich nicht mehr. Nur manchmal, wenn mein Name fiel, ließ er mich aufhorchen, dann nahm ich wahr, was sie sagte.

Bei Anne habe sie keine Zweifel, hörte ich ihre Bemerkung, ein Krebs müsse sie sein, so empfindlich könne nur ein Krebs sein.

Ein Krebs? Es dauerte eine Weile, bis ich verstand, dass sie über die Sterne sprach, über Sternkreiszeichen, die, das war ihre Überzeugung, unser Schicksal bestimmen. Ich glaube nicht an die Macht der Sterne, überhaupt nicht, es ist ein Aberglauben wie jeder andere. Elfis Treffer – ich bin am sechsten Juli geboren, also im Zeichen des Krebses – war nichts als Zufall. Aber dann doch Neugierde meinerseits. Warum ausgerechnet Krebs?

»Krebse sind überempfindlich. Ganz typisch, dass du dich immer gleich angegriffen fühlst«, meinte Elfi. »Außerdem sind Krebse fortwährend auf Rückzug bedacht.«

Elfi suchte zusammen, was sie längst an mir beobachtet hatte, da war ich mir sicher. Das präsentierte sie mir, den Rest unterschlug sie. Schließlich hat ein Krebs Scheren für den Angriff. Ich aber nicht. Angriff ist nicht meine Sache.

»Und noch?«, wollte ich wissen.

»Wenn sie sich schon nicht verkriechen und einmal mitreden, haben sie keine eigene Meinung. Was sie wirklich denken, erfährt niemand. Allenfalls verkünden sie, was sie glauben, dass es die anderen hören wollen«, meinte Elfi. Genau wie ich, meinte Elfi. Dann ließ sie von mir ab und Rainer war an der Reihe. Bei Rainer sei es schon schwieriger, vielleicht Skorpion oder auch Krebs, nein, eher Fische, jedenfalls viel Mitgefühl, natürlich, Rainer müsse im Zeichen der Fische geboren sein. Die Fähigkeit, andere zu heilen, ja doch, das sei typisch für Fische, alles passe zusammen, auch bei Rainer, Fische, da sei sie sich sicher. Seinen Geburtstag wollte sie wissen, er verriet es ihr, der elfte März, also hatte sie wieder einmal Recht. Wie sie dahinter kam, war mir rätselhaft, doch Recht hatte sie, das mussten wir ihr lassen. Aber sicher hatten wir längst einmal unsere Geburtstage verraten und Elfi hatte es sich gemerkt mit ihrem Hang zum Sortieren in Fische, Skorpione, Krebse und ich weiß nicht, was noch alles. Elfi stellte sich uns in den Weg, strahlend wie eine Glücksgöttin, umarmte erst Rainer, umarmte dann mich. Fische und Krebs, sagte sie, unsere Sternkreiszeichen seien die ideale Verbindung. Eine vollständigere Harmonie gäbe es nicht. Und Elfi war selig, als wäre es ihr Verdienst, dass wir, deren Sterne so günstig zueinander standen, uns gefunden hatten. Nichts solle uns mehr trennen!

»Und Widder?«, wollte ich wissen, es interessierte mich plötzlich, auch wenn ich nicht daran glaube.

»Widder sind Kämpfer«, sagte sie, »und Sieger.« Und wenn niemand mit ihnen kämpft, sind sie zumindest Leithammel. Richard, mein Exmann, war Widder. Das hätte mir zu denken geben sollen, aber damals wusste ich nichts über Sternkreiszeichen und, wie gesagt, ich halte nichts davon.

# 25

Es ist mir noch heute ein Rätsel, wieso ich nicht schon bei unserer ersten Begegnung gemerkt habe, wofür Richard mich hielt: für eine dumme Gans mit Notizblock und Fotoapparat. Eine, mit der er machen konnte, was er wollte. Eine, die sich nicht wehrte, nicht einmal beschwerte. Er ließ mich warten, fast eine Stunde. Im Flur. Stehend. Genau genommen: gehend. Ich war gewohnt, auf ein Gespräch warten zu müssen, aber nicht so lange. Warten lassen hebt die Bedeutung. Man ist ja so beschäftigt. Und unentbehrlich. Damals hätte ich ein Buch über Flure schreiben können. Titel: »Was verrät der Flur über den Charakter eines Menschen?« Der Flur vor Richards Büro war weiträumig und makellos, ganz nach dem Motto ›Das Beste ist gerade gut genug‹. Fußboden aus schwarzem Stein in Hochglanz zwischen den grellweißen Wänden. Die Bilder, Pfeile oder Fische, so genau war es nicht zu erkennen, in Rosa und Grau, raumgreifend und aufdringlich, aber nicht geschmacklos. Ganz im Gegenteil. Indirekte Beleuchtung statt sichtbarer Lampen. Ein großes Fenster am Ende des Ganges. Ausblick aus dem neunzehnten Stock auf die Stadt, bunte Autos zwischen Häusern, gelbe Straßenbahnen, Menschengewimmel aus Köpfen und Schultern mit pendelnden Armen und Beinen, direkt unter mir ein Fluss mit grünen Ufern. Vor dem Fenster schwarze Ledersessel unter hohen Kübelpflanzen, Ehrfurcht gebietend für Wartende wie mich.

In diesem Teil des Flures waren alle Türen geschlossen, dazu Stille wie in einer Kirche. Man arbeitete schließlich. Nur manchmal das Geräusch eines Fahrstuhls.

Ich ging auf und ab, erst nur ein kleines Stück, drei Türen vor bis zum Fenster, Blick nach unten, vielleicht fuhr wieder eine Straßenbahn, dann drei Türen zurück. Vor Richards Tür blieb ich regelmäßig stehen, in die Stille lauschend, ein, zwei Atemzüge lang reglos wie eine Statue, dabei Blick auf das Schild neben der Tür. Den Text kannte ich längst auswendig: ›Richard Amstädt‹ neue Zeile ›Anmeldung im Sekretariat‹.

Angemeldet hatte ich mich.

Einmal ging ich weiter – Zeit war genug – in den anderen Teil des Stockwerks, wo jenseits einer Glastür große Zeichentische standen, fünf oder sechs in einem Raum, daran Männer in Jeans mit offenen Hemdkragen. Ich sah ihnen zu, wie ihre Bleistifte über das aufgespannte Papier fuhren, Strich für Strich an den Linealen der Zeichenmaschinen, um die Bögen zu füllen mit Dächern, Fenstern und Türen, mit Treppen und Häusern, ganzen Gebäudekomplexen sogar, mit Plänen, Wünschen und Träumen in Schwarz auf weißem Papier.

Ich war eben im Begriff zu gehen, als sich der Mann am vordersten Zeichentisch zu mir umwandte, zufällig und absichtslos. Ich stand starr vor Schreck, als sich unsere Blicke trafen, sekundenlang – eine Ewigkeit – ohne Lächeln, ohne Nicken, mit aufgerissenen Augen. Doch der Mann drehte sich um, nahm auch seine Arbeit wieder auf, als wäre nichts gewesen. Ich aber machte kehrt und floh zurück zu den Büros.

Jetzt hatte auch Herr Amstädt Zeit, ich durfte eintreten, gemeldet von der Sekretärin, die mich schon erwartete.

»Die Dame von der Zeitung.«

Herr Amstädt war leider schon wieder beschäftigt.

Telefonhörer zwischen Schulter und Ohr, in den Händen ein Katalog über Türen, dabei redend und blätternd. Ich war Luft für ihn. Ich wartete, wieder im Stehen, hatte Zeit, ihn zu betrachten: Ende Dreißig oder Anfang Vierzig, volles dunkles Haar, gebräunte Haut, vom Skiurlaub nahm ich an, in Cortina d'Ampezzo vielleicht oder St. Moritz. Gesicht und Statur wie der Coach einer Handballmannschaft, aber mit roter Fliege über schwarzem Hemd, dazu schwarzes Jackett. Ein Bild von einem Mann. Einer, der weiß, wo es langgeht. Dass ich ihn einmal lieben würde, hatte ich nicht erwartet.

Die Türendiskussion, die ihn offensichtlich ärgerte, dauerte an. Dann die Entscheidung. Amstädt hatte sich durchgesetzt. Amstädt der Widder. Das Gespräch war beendet. Jetzt endlich nahm er mich zur Kenntnis, sein Lächeln mit professioneller Verbindlichkeit, dazu die Geste, Platz zu nehmen ihm gegenüber am Schreibtisch aus Mooreiche.

Amstädt präsentierte die vorbereitete Mappe, Entwurf vom neuen Kongresszentrum, Ansicht von vorn und von der Seite mit Menschen und Bäumen, außerdem Grundrisse, Detailzeichnungen. Er erläuterte, ein Routinier, der an der Großartigkeit des Bauwerks keine Zweifel aufkommen lässt, schließlich war es sein Entwurf, eine bessere Lösung konnte es nicht geben.

Ich zückte den Notizblock.

»Nicht nötig«, sagte er. »Was Sie wissen müssen, finden Sie in den Unterlagen.«

Meine Fragen nach Einzelheiten überhörte er. Also hörte ich zu und war beeindruckt.

Für ein Foto blieb keine Zeit mehr. Er hatte Termine. Im Besprechungsraum wartete man schon auf ihn.

Dann stand ich vor dem Fahrstuhl, nicht weit von der Glastür.

Dahinter Michi, der Mann am Zeichenbrett. –

Solange ich mit Amstädt sprach, hatte ich nicht an die Begegnung gedacht. Ob er mich erkannt hatte? Jahre lag es zurück, dass wir uns zuletzt gesehen hatten. Michi war zu mir gekommen, zwei oder drei Wochen nach Madeleines Tod. Er konnte nicht dulden, was jetzt sogar Jan billigte, und wollte nicht zulassen, dass ich mich von der Gruppe löste, weil Madeleine nicht mehr war, meine einzige Freundin, meine engste Vertraute. Er beschwor mich, jetzt nicht aufzugeben, ganz im Gegenteil, der Kampf müsse weitergehen, gerade jetzt, sei doch Madeleines Tod eine Verpflichtung für uns alle. Und als ich nur weinend den Kopf schüttelte zu allem, was er sagte, fing er an zu schreien, denn ich, besonders ich als ihre Freundin, sei es ihr schuldig. Madeleine dürfe nicht umsonst gestorben sein. Als er endlich gegangen war, meine Angst, er könne herausgehört haben aus meinen gestammelten Worten, dass Madeleine nicht allein war, dass ich alles gesehen hatte, schlimmer noch, dass ich es war, die die Schuld trug an ihrem Tod. Und dass ich niemals, niemals wieder mitmachen würde, weil ich gesehen hatte, wie Madeleine starb, und ich es niemals würde vergessen können.

Die Beschimpfungen, mit denen mich Michi verließ, waren das Letzte, was ich von der Gruppe gehört habe. Niemand mehr versuchte mich umzustimmen.

Ich bin ihnen aus dem Weg gegangen, habe die Orte gemieden, wo ich sie hätte sehen können, die Kneipen, wo man sich traf, das Teach-in an der Uni und die Demonstrationen, das billige Kino und die Kiesteiche, wo wir zusammen gebadet hatten, sogar die Geschäfte, wo sie einzukaufen pflegten. Nur einmal sah ich Jan auf der Straße, auf dem Bahnhofsvorplatz, und es war leicht, in der Menschenmenge unterzutauchen, ehe er mich bemerkte.

Zwei Wochen später der Anruf von Amstädts Sekretärin. Herr Amstädt bäte mich noch einmal in sein Büro. Meinerseits eher Überraschung als Freude. Trotzdem am Morgen meines zweiten Besuches Kleiderprobe vor dem Spiegel wie schon lange nicht mehr, ohne mir Rechenschaft darüber abzulegen, warum ich das tat. Ich entschied mich für ein helles Sommerkleid, fast zu elegant für einen Arbeitstag, anschließend endlose Toilette mit Make-up und diversen Stiften, die ich höchst selten benutzte. Ich verließ meine Wohnung mit Herzklopfen und in einer Wolke von Parfüm, von der ich hoffte, dass sie sich in der nächsten Stunde etwas verflüchtigen möge.

Dann im Fahrstuhl die plötzliche Sorge, Michi könne mir begegnen. Hatte er mich wirklich nicht erkannt, als sich unsere Blicke für die Dauer eines Atemzugs trafen? Der Flur war menschenleer, als die Fahrstuhltür im neunzehnten Stock zur Seite kroch. Links die Glastür, rechts die Büros. Nur ein paar Schritte, dann stand ich vor dem Sekretariat. Ich klopfte an und trat ein, ohne auf Antwort zu warten. Nur nicht im Flur stehen bleiben!

Glücklicherweise brauchte ich dieses Mal nicht vor der Tür zu warten, sondern wurde gleich ins Besprechungszimmer weitergeführt. Dort stand es schon, das Modell vom Kongresszentrum, das bei meinem letzten Besuch zu Richards großen Bedauern noch nicht fertig gestellt war. Nach zehn Minuten kam Amstädt, der heute meinen Namen wusste. Wieder seine Erklärungen, jetzt am Modell, dann der Griff zur Rolle mit dem Skizzenpapier und dem Druckbleistift in Schwarz und Silber, seine behaarte Hand warf großzügige Linien auf das Papier, füllte ein Blatt, ein weiteres. Er riss das Papier mit gekonntem Schwung von der Rolle, skizzierte, strichelte, das war sein Metier, hier Eingang, dort Empfangshalle, beides von besonderer Bedeutung, entscheidend sei immer der erste Eindruck.

Was es zu erläutern gab, war meines Besuches nicht wert gewesen. Außerdem war der Artikel – ein Loblied auf das geplante Kongresszentrum – längst erschienen. Aber der Bau war nur ein Vorwand und er tat nichts, um diesen Umstand zu verhehlen. Und ich? Dass ein Mann wie Amstädt sich für mich interessierte, schmeichelte mir so, dass ich nicht lange umhinkonnte, mich in ihn zu verlieben. Der Augenblick war günstig. Es gab niemanden, den ich seinetwegen hätte über Bord werfen müssen.

Eine halbe Stunde später saßen wir auf der Terrasse vor dem Casinorestaurant in der Frühlingssonne mit Blick auf den See. Amstädt bestellte Heidschnuckenrücken, für mich gleich mit, Heidschnuckenrücken sei sowieso das Beste, was man hier bekommen könnte, dazu Wein aus dem Elsass.

Ich genoss das Essen, den Wein und den Anblick der ersten Segelbötchen, die in der Mittagsflaute zwischen Blesshühnern und trägen Enten dümpelten. Einmal zwei Schwäne im Tiefflug, ganz nah, mit klatschenden Flügeln. Amstädt erzählte, zwischen zwei Bissen, von Menschen, deren Namen man aus der Zeitung kannte, alles Freunde aus dem Golfklub, erzählte von gemeinsamer Safari in Kenia, vom Segeltörn auf dem Mittelmeer. Port Grimaud, Marbella, Antibes, er sei sich sicher, dass es mir gefallen würde.

Eine versteckte Einladung? Ich glaubte daran, tagelang, wochenlang. Bei jedem Telefonklingeln erwartete ich Amstädts Stimme. Und wenn es denn eine Frauenstimme war am anderen Ende der Leitung, dann erhoffte ich die seiner Sekretärin, bis der Name gesagt oder die Stimme erkannt war. Kein Anruf, der mich nicht enttäuschte! Je länger ich vergeblich wartete, umso begehrenswerter schien mir Richard. Immer häufiger blieb ich jetzt zu Hause – sicher hatte er längst versucht, mich anzurufen, aber mich nicht erreicht –, bis ich ihn endlich begrub, meinen Traum, den ich nun so oft geträumt hatte, vom Sonnenuntergang in einsamen Buchten, dunklem Wasser im Mondlicht, Richards Küssen und Umarmungen unter dem Sternenhimmel des Mittelmeers. Marbella, Antibes, von mir aus auch St. Tropez: Das waren meine Träume nie gewesen.

Einmal rief ich selbst an, im Büro, unter einem Vorwand. Er sei beschäftigt, hieß es. Richard war immer beschäftigt. Dann, als ich schon aufgehört hatte, an ihn zu denken, kam die Karte, hellgrauer Karton in Großformat. Atemlos und ungläubig hielt ich sie in den Händen, bis ich es endlich begriff – ein Irrtum war ausgeschlossen –, das war das Wunder, auf das ich so lange gewartet hatte. Die Karte war zwar nicht mit der Hand geschrieben, aber es waren seine Worte, wenn auch nur gedruckt und im Stil leicht antiquiert, dafür mit vollendeter Höflichkeit: ... erlaube ich mir, Sie zu meinem vierzigsten Geburtstag einzuladen ... dazu ein paar Floskeln und die Unterschrift, Richard Amstädt, Kalligrafie in Tinte mit extra dicker Feder.

Nur für einen kurzen Augenblick meine Sorge, Michi zu treffen.

Der Geburtstag war entsetzlich: Stehempfang mit Sektglas in der einen Hand und Lachsschnitte – mit echtem Kaviar garniert – in der anderen. Die Herren im Smoking, die Damen (außer mir) in Abendkleidern, hautenge Korsagen um quellende Busen, endlose gebräunte Dekolletees, vorn wie hinten, zwischen Spagettiträgern pfundweise Perlen oder Goldketten mit echten Diamanten. Eine silberblonde Dame in schwarzem Spitzenkleid mit dunkelrotem, schmallippigem Maskenlächeln, Richards Mutter, wie sich herausstellte, eine unnahbare Erscheinung, begrüßte die Gäste. Mich übersah sie. Auch Richard nahm mich nicht wahr. Meine Gratulation zu seinem Geburtstag hatte er entgegengenommen wie die tägliche Post aus den Händen seiner Sekretärin, mein Geschenk – einen sündhaft teuren Druckbleistift – zu den anderen Präsenten gelegt, ohne es auszuwickeln. Seine Geschäftsfreunde waren ihm offensichtlich wichtiger. Kontakte sind schließlich das A und O in seinem Beruf. Also verkroch ich mich in einer Gruppe, die mich nicht beachtete, setzte mein Zuhörgesicht auf und tat so, als ob ich dazugehörte.

»Diese Musik«, hörte ich eine Tizianrote zirpen (sie meinte Wagners ›Tristan‹ unlängst in Bayreuth), »dieses Glücksgefühl! Meine Liebe, Sie können es sich nicht vorstellen!«

Und die Bohnenstange in Dunkelgrün konnte es sich nicht vorstellen, sie stand nicht auf Wagner, auf Bayreuth schon gar nicht, dafür aber auf Mozart, ›Don Giovanni‹ in Salzburg, das war Musik, das Höchste überhaupt, »Sie glauben es nicht!«, unübertrefflich, einfach göttlich.

Dann – zwischen Abenteuersafari in Afrika und Busfahrt entlang der Seidenstraße – mit wollüstigem Entsetzen und Schreckensrufen die Geschichte von Amstädts Bauzeichner, der tags zuvor auf der Autobahn von einem Lastwagen zermalmt worden war, völlig schuldlos, der Unglückliche, hatte doch der Laster die Leitplanke durchbrochen und war auf die Gegenfahrbahn gerast. So ging es Stunde um Stunde und mein einziger Trost waren die vortrefflichen Kanapees, die von jungen Damen in Schwarz gereicht wurden. Ich stopfte die Schnittchen in mich hinein, besonders die mit geräucherten Austern und Beluga-Kaviar, trank den exzellenten Wein und hoffte einmal mehr auf ein Wunder. Aber je länger der Abend dauerte, umso mehr war ich bereit, meine Verliebtheit einer wachsenden Abneigung gegen die ganze Geburtstagsgesellschaft, Richard eingeschlossen, zu opfern.

Gegen Mitternacht – ich stand jetzt bei den Kunstliebhabern – hatte Richard genug von seinen Geschäftsfreunden, genug von deren Gemahlinnen, von »Ihre werte Gattin« und »gnädige Frau«. Er kam zu mir, und als sich meine Nachbarin über die einzigartige, ja geradezu zauberhafte Rousseau-Ausstellung erging, seine Frage, ob ich mitkäme, zwar nicht, wie ich erträumt hatte, zu einem Segeltörn auf einer Luxusyacht im Mittelmeer, aber doch zu einem Kurzurlaub in seinem Haus auf Mallorca. Ich vergaß auf der Stelle, was ich gerade noch über die ganze Gesellschaft gedacht hatte, bekam einen Hustenanfall und verschüttete meinen Sekt, dabei glaubte ich mich nicht einmal überrascht über seine Frage, war ich doch in den vergangenen Wochen längst mit ihm in den Süden gereist, immer wieder, hatte in meiner Vorstellung vorweggenommen, was jetzt Realität werden sollte. Warum also jetzt noch Überraschung, wo der Gedanke doch schon vertraut war?

Erst zu Hause kamen mir die Zweifel, plötzlich keine Freude mehr, sondern wie immer die Angst zu enttäuschen. Warum gerade ich und nicht eine der perlenbehängten Grazien von seinem Geburtstag? Oder hatte er die längst aufgebraucht? Richard Amstädt ein skrupelloser Don Giovanni, immer auf der Suche nach einer neuen Frau? War ich jetzt an der Reihe als Nummer soundsoviel? Was sonst konnte ein Mann wie Richard Amstädt an mir finden als den Reiz des Neuen? Erst viel später erkannte ich die Antwort: Er brauchte Bewunderung und das war es, was er von mir bekommen konnte.

Am nächsten Tag die Todesanzeige in der Zeitung.

Der Schock: Es war Michi, der auf der Autobahn sein Leben verloren hatte.

Es goss in Strömen, als ich mit Richard in Palma de Mallorca das Flugzeug verließ, und es schüttete noch immer wie aus Kübeln, als wir aus dem Empfangsgebäude traten und zum Parkplatz gingen mit triefenden Koffern. Da stand es schon bereit für uns, ein schwarzes Ungetüm mit chromblitzenden Stoßstangen, Richards ganzer Stolz: der neue Cherokee, für ihn direkt aus Amerika importiert. Wir fuhren nach Osten, bald nicht mehr durch Regen, sondern Sonne, dampfende Straßen, ein Regenbogen zu unserer Linken, hinter uns schwarze Wolkentürme, vor uns schnurgerade Straßen zwischen Windrädern, zwei, drei verwinkelte Orte, danach kleinere Sträßchen zwischen Hügeln, schließlich ein Weg neben einer Mauer aus Feldsteinen, darin ein Tor. Das Tor öffnete sich, fast lautlos, und der Cherokee rollte weiter, knirschte über den Kiesweg, vorbei an schlanken Eukalyptusbäumen, an Agaven und übermannshohen Kakteen, an rosa blühenden Tamarisken und an Palmen mit Büscheln von leuchtenden Früchten. Dann das Paradies, ein Blütenmeer von Oleander, Bougainvilleen und Hibiskus vor einem Traum von einem Haus, Richards Haus. Ein Prachtbau am Hang mit einer Treppe, breit wie für ein Schloss, dahinter die Mauern aus hellen Feldsteinen, große Rundbogenfenster, Balkone und Veranden mit Säulenbalustraden unter einem Dach aus hellen mallorquinischen Tonziegeln.

Tief unter dem Haus das Meer, blau wie der Himmel, der ins Meer tauchte ohne Horizont, Bläue, oben wie unten, nur weit entfernt im Westen noch ein paar Wolken und unter uns eine Bucht mit weißem Sand zwischen dunklen Felswänden, denen das gischtende Meer schneeweiße Sockel zeichnete.

Das also war sein Haus, es konnte großartiger nicht sein, hatte Richard doch alles selbst entworfen bis ins kleinste Detail, auch die Pläne eigenhändig gezeichnet. Immer wieder war er hier gewesen, hatte korrigiert, diskutiert, sich mit den Handwerkern gestritten, die nicht verstanden, was er sagte, bis er sich endlich zufrieden gab, nur noch Kleinigkeiten ändern ließ, hier und da, und schließlich die Möbel kamen, direkt aus Mailand, alles aus gebürstetem und gekalktem Pinienholz, auch das Sideboard und der innen verspiegelte Barschrank.

Ich war nun die Hausfrau in diesem Anwesen. Ich war es gern, weil ich merkte, dass es mir leicht fiel, und weil Richard meine Fürsorge zu schätzen wusste. Das beflügelte mich. Also las ich in den Kochbüchern, kaufte auf dem Markt Fische, Langusten und Muscheln, dazu Salate, Gemüse, Früchte, ich kochte spanische Gerichte für Richard – er fand meine Paella die beste, die er je gegessen hatte –, ich stellte Blumen auf die Tische und wischte jeden Tag den gelben Staub von den Stühlen und Bänken im Garten und vom großen Marmortisch, an dem wir am Abend spanischen Rotwein tranken und sahen, wie die Sonne im Dunst versank. Das Meer danach wie Blei, später schwarz, bis der Kürbismond über dem Hang erschien und neben dem Schattenriss der Klippen eine glitzernde Bahn auf das dunkle Wasser zeichnete. Es war Richard, dem ich all dies verdankte, den warmen Sommerabend, auch den Mond, die Sterne, das Meer, und Richard wusste es. Er wollte es hören von mir und es fiel mir leicht, es ihm zu sagen, es ihm zu zeigen. Meine Bewunderung machte ihn glücklich, also lag sein Glück in meiner Hand. Das machte mich frei und selbstbewusst. Kein Gefühl von Abhängigkeit, was mich heute wundert. Und Richard war großartig in allem, was er tat, in fast allem zumindest. Es waren die Nächte, in denen er seinen Nimbus verlor.

# 26

Ein Jahr nach unserer ersten Begegnung waren wir verheiratet. Ihm zuliebe gab ich meinen Beruf auf – der vertrug sich nicht mit meiner Rolle als Frau an Richards Seite –, kaufte mir neue Kleider in Boutiquen, die ich zuvor nie betreten hatte, ging jede Woche zum Friseur und fast ebenso oft zur Kosmetikerin, besuchte mit ihm Empfänge und Ausstellungen, bewirtete seine Geschäftsfreunde und lief auf dem Golfplatz wie ein Hündchen hinter ihm her. An den Abenden, den wenigen zu zweit, saßen wir bei Kerzenlicht und sanfter Musik, aßen Bouillabaisse, Kalbsmedaillons, Perlhuhn, gelegentlich auch Hummer oder was ich sonst für Richard gekocht hatte. Mein Wandel vom Aschenputtel zur Prinzessin war wie im Märchen. Oder besser: wie im Groschenroman.

Manchmal, wenn ich allein war, Worte, Satzfetzen, die ich nicht mehr denken wollte: Kapitalistenschweine, Unterdrücker, Parasiten des Systems. Dass ich einmal auf der anderen Seite stand, hatte ich weggeschoben und zugedeckt. Vergessen habe ich es nie.

Früher hatte ich die Seite verteufelt, auf der ich nun lebte. Meine Veränderung war schwer zu verstehen. Aber hatte ich den Kapitalismus nicht auch deswegen verachtet und bekämpft, weil ich mich für meinen eigenen uneingestandenen, meinen unerfüllbaren Wunsch nach Wohlstand schämte?

Auf der Autobahn immer wieder der Gedanke an

Michi, an den Lastwagen, der plötzlich die Leitplanke durchbricht, der Tod von einer Sekunde zur anderen. Es war Michi, der den Strommast zerstörte, den ich mit Madeleine ausgesucht hatte. Die Sprengladung war fachmännisch platziert. Der Mast stürzte auf eine zweite Leitung, die unter der Hochspannungsleitung verlief.

An den Sonntagen manchmal Diskussionen mit Richard. Seine Meinung: Wer kein Geld hat, sei selbst schuld. Auch er habe für sein Geld arbeiten müssen und er habe hart gearbeitet.

Meine Antwort:

»Als Kind eines Hilfsarbeiters wärst du nicht geworden, was du bist. Auch nicht mit harter Arbeit.«

Seine Meinung: »Es gibt keine Armut in Deutschland. Jeder kleine Handwerker fährt ein dickes Auto.«

Meine Antwort: »Die Kluft zwischen Arm und Reich ist gewaltig. Auf keinen Fall darf sie noch größer werden.«

»Täubchen«, sagte er dann, »du weißt ja nicht, wovon du redest.« Wenn ich ihm widersprach, sagte er immer Täubchen.

Dann schwieg ich. Es hatte keinen Sinn, mit ihm über diese Themen zu reden. Von meiner radikalen Vergangenheit wusste er nichts. Richard wählte schwarz, ich wählte grün. Auch das verheimlichte ich. Er hätte es nicht ertragen. Er gehörte zu denen, die schon als extremistisch verurteilten, was auch nur Bestehendes in Frage stellt.

Trotzdem war ich nicht unzufrieden mit meinem Leben, eigentlich war ich sogar glücklich. Nie zuvor hatte ich so sorglos leben können. Richard regelte alles. Es dauerte Jahre, bis sich etwas in mir dagegen auflehnte. So lange betrog ich mich, indem ich mir täglich wiederholte: Wir führen eine Ehe, um die uns viele beneiden.

Nur manchmal, wenn seine Mutter kam, war es unerträglich. Sie saß dann an der Stirnseite des Tisches, den ich mit Kerzen geschmückt hatte wie immer, eine versteinerte Frau ohne das Maskenlächeln von Richards Geburtstag, ihr zusammengekniffener Mund nur ein Strich ohne Lippen, das Gesicht starr wie ein Stück Holz und mit einer Miene, als wisse sie von einer Katastrophe, die mit meinem Erscheinen in Richards Leben über ihn hereingebrochen war. Mir gegenüber jetzt keine Gleichgültigkeit mehr, stattdessen offene Ablehnung. Was ich kochte, rührte sie niemals an. Ein Glas Wasser, das war alles, was sie von mir annahm.

Ich kann mich nicht erinnern, dass sie jemals mehr mit mir gesprochen hätte als ja oder nein.

»Richard, sag deiner Frau ...«, und dann folgte, was ich zu tun oder zu lassen hatte, wo ich mich falsch benommen hatte, taktlos gewesen war, das falsche Kleid getragen hatte oder wann ich vergessen hatte, die Frau vom Bankdirektor oder gar den Leiter des Bauordnungsamtes zu grüßen.

Ihre Eiseskälte schnürte mir den Hals zusammen, ließ mich erstarren, bis ich zu einem Stein wurde wie sie selbst, mit zusammengebissenen Zähnen und mit Händen, die sich zu Fäusten ballten. Ich nahm mich dann restlos zusammen, jede Geste kontrollierte ich, jedes meiner Worte, jeden Blick, jedes Mienenspiel, bis sie sich endlich erhob, ihrem Sohn – ohne ihn mit ihren Händen zu berühren – einen Kuss auf die ihr entgegen gesenkte Stirn drückte und uns wieder verließ, ohne Abschiedsgruß für mich.

Wenn sie gegangen war, gab es Streit zwischen Richard und mir. Er machte mir Vorwürfe, weil ich sie ablehnte, ja sogar hasste, weil ich nicht mit ihr gesprochen hatte, weil ich nie gelächelt hatte und weil er sich schämte, eine Frau geheiratet zu haben, die nicht sprach, nicht lächelte, nicht blickte, sondern nur stumm vor sich hin starrte. Und ich versuchte mich zu rechtfertigen, sie sei es, die nicht mit mir sprach, sie sei es, die ablehnte, und sie sei es, die hasste. Ich kann nicht Sympathie heucheln, wo mir Verachtung entgegenschlägt.

Einmal bin ich im Streit aufgesprungen, habe mich in mein Auto gesetzt und bin davongefahren, ohne zu wissen, wohin. Vielleicht war es Zufall, dass ich zum alten Friedhof kam. Ich habe gewendet und bin ein Stückchen zurückgefahren, um meinen Wagen zu parken. Es dauerte eine Weile, bis ich Madeleines Grab gefunden hatte. Dann stand ich davor und wusste plötzlich, was ich nie in meinem Leben erfahren habe: Wärme und Geborgenheit.

Drei oder vier Mal im Jahr flogen wir nach Mallorca, aber nie wieder allein. Die unbeschwerten Tage mit Meer, Sonne und Strand waren Vergangenheit. Stattdessen Männergespräche über Grundstückspreise, Investoren und Banken.

Die Damen spielten Golf.

Ich blieb dann allein und starrte auf das blaue Mosaik des Swimmingpools und auf das Gekräusel der immer neuen Muster, die der leichte Wind auf die glitzernde Oberfläche zeichnete.

In Kalkar demonstrierten sie noch immer gegen den Schnellen Brüter, in Frankfurt gegen die Startbahn West. Auch jetzt Anschläge auf Strommasten. –

Einmal waren wir in Paris. Wieder war es Richard, der mir das alles schenkte: Die Gärten von Versailles, die kleinen Galerien im Marais, die Opéra, die Musikkneipen im Quartier Latin, die Galeries Lafayettes, den Montmartre, die ganze Stadt, sein Paris, alles legte er mir zu Füßen. Ich hing an seinem Arm mit brennenden Füßen und wir waren glücklich wie damals auf Mallorca. Noch heute kann ich nicht durch Paris gehen, ohne die Stadt mit seinen Augen zu sehen.

Richard war immer seltener zu Hause: Termine auf den Baustellen, Verhandlungen, Geschäftsessen, die Arbeit im Büro und dazu, von einem Tag auf den anderen, die Zeiten, von denen ich nicht wusste, wo er sie verbrachte. Je weniger er zu Hause war, umso mehr regelte er, was ich tat. Er verfügte, wann ich am Morgen aufzustehen hatte und wann ich abends zu Bett ging. Er bestimmte, worüber wir redeten. Er sagte, wann ich lesen durfte. Wie konnte ich denn lesen, wenn er vielleicht etwas zu sagen hatte! Selbst den Augenblick, wann ich die Zeitung beim Frühstück zur Hand nehmen durfte, hatte Richard festgelegt. Er ordnete an, dass ich in den Tennisklub eintrat, und bestimmte, was ich anzuziehen hatte. Er entschied, wann er Zeit für mich hatte. Störungen waren nicht erwünscht. Er ertrug keinen Menschen über die Grenzen, die er selbst setzte. Richard der Leithammel. Wenn es nur das gewesen wäre!

Unsere Beziehung hat er abgetötet in den erstickenden Bahnen der Gewohnheit, meine Liebe vernichtet in einer Welt der von ihm auferlegten Zwänge. Mein ganzes Leben hat er reglementiert und es in Schablonen gepresst, bis alles Eigene in mir verloren war und ich nichts anderes mehr war als die Nelke am Revers seiner Maßanzüge.

Das Weib sei dem Manne untertan! Er sprach es nicht aus, aber er lebte danach.

Er selbst wurde dick. Erst war es nur der Bauch. Als ich ihn verließ nach zehn Jahren, war Richard fett, schwitzte bei jeder kleinen Anstrengung, trank zu viel und rauchte wie ein Schlot.

Die Veränderung in meinem Leben kam ganz allmählich und sie begann weniger äußerlich als in meinem Kopf. Es war die Leere in mir, die der Nährboden war für die zerstörerischen Gedanken. Statt ›wir lieben uns‹ bewegte ich Vorwürfe in meinem Kopf, pflegte sie, bauschte sie auf, bis sie riesengroß wurden und jeden Winkel meines Denkens füllten. Es gab nichts, womit ich sie hätte ersetzen können. Wenn mich damals irgendetwas in meinem Leben wirklich gefesselt hätte, wenn ich nicht so viel Zeit für die zersetzenden Gedanken gehabt hätte, die Langeweile nicht so groß gewesen wäre, das Ende hätte noch auf sich warten lassen.

Manchmal stellte ich mir vor, einfach zu verschwinden. Ich malte mir aus, ohne jeden Streit eines Tages nicht mehr da zu sein, wenn Richard nach Hause kommt: kein Tisch gedeckt, kein Essen gekocht, mein kleines Auto fort und mit ihm alles, was mir lieb und teuer ist. Oder nicht mehr da zu sein, wenn er in der Theaterpause von der Sektbar kommt, in jeder Hand ein Glas, auf diese Weise hilflos, dann suchend steht, mich dennoch nicht sieht, jetzt nicht und nach der Pause nicht. Der Platz neben ihm bleibt leer, als sich der Vorhang hebt, auch zu Hause bin ich nicht. Er ist beunruhigt, geht zu Polizei, meldet mich als vermisst, glaubt an Entführung oder noch Schlimmeres. Richard will mich suchen lassen, aber ehe es dazu kommt, findet er meinen Brief. Er kann die Polizei anrufen, man braucht mich nicht zu suchen, denn mir ist nichts zugestoßen, ich bin gesund, gesund an Leib und Seele, denn ich habe die Fesseln abgestreift, mit denen er mich gegängelt hat, den Luxus, die Verpflichtungen und all die verlogenen Konventionen. Ich habe das Gefängnis der Anständigkeit verlassen, den Käfig, in dem ich nur wollen kann, was ich soll. Ich brauche kein Essen in den besten Restaurants, keine Ferien in den teuersten Hotels, keine Kleider aus den exklusivsten Boutiquen. Mein Leben will ich leben.

Ich verschwand nicht, aber ich begann wieder zu schreiben, zu Hause, als freie Mitarbeiterin unter einem Kürzel, von dem Richard nicht wusste, wer sich dahinter verbarg. Es war mein Geheimnis. Ich hatte Richard in eine Rolle hineingedacht, in der er mir verbieten musste, mein eigenes Geld zu verdienen. Ob er es getan hätte, weiß ich nicht.

Ein Jahr später begann ich mit den Vorbereitungen für meine Zeitung. Ich knüpfte Kontakte, sprach mit hundert Menschen, fand Geldgeber, die mein Projekt unterstützten – die Banken, bei denen Richard verkehrte, vermied ich –, schloss Verträge, mietete zwei kleine Räume in einem Altbau und kaufte endlich die Geräte, auf die ich nicht verzichten konnte, einen Macintosh-Computer, ein Faxgerät und einen Laserdrucker. Wochenlang hatte ich mit Zahlen jongliert, hatte immer aufs Neue variiert – Einnahmen durch Inserate, Einnahmen durch Verkauf abzüglich Druckkosten und Kosten für die Bildbearbeitung, Miete, Schuldentilgung, Einkommen für mich und meine Mitarbeiterin u.s.w. – und endlich die notwendige Auflagenhöhe festgelegt, bis ich überzeugt war von meinem Erfolg. Ein Scheitern wollte ich nicht in Erwägung ziehen.

Zu Richard sagte ich nichts. Ich wollte keine Diskussionen. Wenn er dann noch ›Täubchen‹ zu mir gesagt hätte! –

Immer seltener waren wir in dieser Zeit allein. Oft lud er Geschäftsfreunde ein, die ich zu bedienen hatte. Zwei Männer kamen jetzt häufiger, Jurist der eine, ein Macher, der alles weiß, einer, der, wenn er die Welt schon nicht erschaffen hat, so doch für ihren Fortbestand die Verantwortung trägt. Der andere ein Bauunternehmer, ein selbstgefälliger Hüne mit kurz geschorenen Haaren auf dem riesigen Schädel. Nach dem Essen saßen sie – Männer mit lauten Stimmen und großen Gesten – mit Zigarre im hängenden Mundwinkel und tranken Kognak.

Bisweilen setzte ich mich zu ihnen, wenn ich meine Arbeit getan hatte, den Tisch abgeräumt, das Geschirr in der Küche versorgt und unauffällig das Fenster geöffnet hatte. Dann saß ich neben Richard, war ich doch schließlich seine Frau, aber sie bemerkten mich nicht. Richard nahm mich immer nur wahr, wenn es ihm passte. Wenn ich einmal etwas sagte, achteten sie nicht darauf. Meine Stimme hörten sie so wenig wie das Summen der Fliege am Fenster, beides gleichermaßen unwichtig, allenfalls lästig und nicht der geringsten Aufmerksamkeit wert. Ich rettete mich dann in eine beflissene Interessiertheit, weil ich ja doch nichts zu sagen hatte, hörte, was sie besprachen, nickte, wenn es etwas zu verstehen gab, und lachte, wenn sie lachten. Nur einmal noch, als sie gerade schwiegen – Richard schenkte neuen Kognak ein –, sagte ich es mitten hinein in die plötzliche Stille, ganz nebenbei, wie zur Probe, aber deutlich vernehmbar:

»Ich habe meine eigene Zeitung gegründet.«

Sie redeten weiter und stießen an auf ihr Geschäft. Schließlich war, was ich zu sagen hatte, immer unwichtig. Also sagte ich es noch einmal und meine Stimme war jetzt laut und fest. Nun schwiegen sie plötzlich, hörten mich, hörten mir zu sogar. Ich musste nur laut genug sprechen.

»Was hast du gesagt?«

Ich sagte es noch einmal: »Ich habe meine eigene Zeitung gegründet.«

Er lachte mir gerade ins Gesicht.

Er fragte nicht einmal nach, wollte nichts weiter wissen.

»Ach, Kindchen«, sagte er.

Das war alles. Richard nahm nicht ernst, was ich gesagt hatte. Sie redeten weiter über Geld.

Ich sprang auf, wollte etwas Böses sagen in ihre satten, überheblichen Gesichter, aber was ich über meine Lippen brachte, war nichts anderes als das, was sie von mir erwarteten:

»Möchte jemand einen Espresso?«

Niemand sah meine vor Wut zitternden Hände, als ich wiederkam mit dem Tablett und ihnen die Tassen reichte. Sie redeten, als wäre nichts geschehen. Dann ließ ich sie allein und ging in mein Zimmer.

Es würde lange brauchen, bis wieder Ordnung sein würde, Ordnung in meinen Gedanken, Ordnung in meiner Beziehung zu Richard, Ordnung in meinem Leben. Also fing ich an, mein Zimmer aufzuräumen. Die äußere Ordnung war am einfachsten herzustellen. Es gab so vieles, was überflüssig geworden war: die alten Zeitschriften, ›Vogue‹ und ›Elle‹, die Prospekte von Hotels und Restaurants, von den schönsten Golfplätzen, Hefte über Antiquitäten und Schmuck, Adressen von Möbelgeschäften und die vielen Ansichtskarten und Briefe, die ihre Bedeutung für mich verloren hatten. Ich packte alles zusammen, auf den einen Stapel das, was für eine Zukunft gedacht war, die mich nicht mehr interessierte, auf den anderen die Erinnerungen an Beziehungen, die längst belanglos geworden waren. Zuoberst auf diesen letzten Packen – Richard sollte es ruhig sehen – legte ich die graue Karte, die Einladung zu seinem Geburtstag, mit der alles angefangen hatte. Ich tat alles mit Bedacht, mit einer tiefen Ruhe, denn ich wusste, was ich zu tun hatte. Am Ende schleppte ich die Stapel vor die Haustür.

»Dass du dich wehren musst, wenn du nicht untergehen willst«, ich hatte es endlich auch für mich selbst verstanden, von Woche zu Woche und von Monat zu Monat mehr. Alle hatten sie meine Schwäche gebraucht, um sich stark zu fühlen, meine Mutter, Jan, Richard und so viele andere, denen ich in meinem Leben begegnet war. Unabhängig wollte ich endlich sein, unabhängig von ihrem

Geld, ihren Ansprüchen und ihren Meinungen. Viel zu lange hatte ich schon als willenloses Werkzeug in den Händen anderer gelebt, viel Zeit war schon verstrichen. Ich konnte mein Leben nicht noch einmal von vorn beginnen. Aber noch war Zeit zum Lernen.

In dieser Nacht träumte ich Richard riesengroß. Er ragte vor mir in die Höhe, eine löwengesichtige Statue aus Stein, mit Augen wie glühende Kohlen. Ganz weit musste ich den Kopf in den Nacken legen, um zu ihm aufzuschauen. Und wie ich noch stand, unfähig, mich zu rühren, löste sich das Standbild von seinem Sockel und kam auf mich zu, langsam und unerbittlich, bis mich sein riesiger Schuh zerquetschte wie eine Ameise. Ich dachte, ich würde den Traum am nächsten Morgen vergessen haben, aber ich wurde ihn nie mehr los.

Am nächsten Morgen hatte es begonnen zu regnen. Ich stand in der Haustür und sah die Regentropfen auf die graue Karte fallen. Erst waren es nur ein paar Flecken, wo die Tinte zerfloss, dann ›Richard Amstädt‹ in blassen Rinnsalen, bald nur noch Wasser, kein Blau mehr, kein ›Richard Amstädt‹, nur noch ein paar Floskeln, namenlos und beliebig austauschbar. Ich glaube nicht, dass Richard die Karte bemerkt hat.

Ein paar Wochen später zog ich aus. Richards Versuchen, mich zurückzuholen, widerstand ich. Es war leichter, als ich gedacht hatte. Wahrscheinlich lohnte es sich für ihn nicht, um mich zu kämpfen, die ich ihn ablehnte. Er würde wieder eine Frau finden, die ihn bewunderte. Oder er hatte sie längst gefunden. Frei war ich also und glücklich. Meine finanzielle Misere wollte ich lange Zeit nicht wahrhaben, trotz der Schulden von Anfang an. Richard hat nie etwas von dem Debakel erfahren. Als meine Zeitung nicht mehr erschien, waren wir längst geschieden.

# 27

Wir hatten ihn endlich erreicht, den Fuß des Dhaulagiri, drei Tage nachdem wir die eisgepanzerte Pyramide das erste Mal gesehen hatten, schon damals wie zum Greifen nah. Jetzt ragte der Gipfel sechstausend Meter über uns in die Höhe.

»Was denkst du die ganze Zeit?«, wollte Rainer wissen. Ich lachte nun. Meine Ehe mit Richard, diese künstliche Welt voller Hohlheiten, die Gleichgültigkeit allem gegenüber, was nichts kostet oder fast nichts, das war alles so fern, so belanglos, ein Teil meines Lebens, den ich weiter hinter mir gelassen hatte als jeden anderen:

»An einen schlechten Film«, sagte ich, »mit drittklassigen Darstellern.«

Und als Rainer mich überrascht ansah:

»An meine Ehe.«

Bald darauf Kalopani, unser Ziel.

Am Abend saßen wir auf der verglasten Veranda zwischen trocknender Wäsche über uns und trocknenden Apfelscheiben neben uns, tranken Reisbier, ein trübes, milchweißes Gebräu, und Aprikosenschnaps, der in der Kehle brannte. Unsere Träger hockten am Boden, Dupshang mit einer Trommel, und sangen, unbeschwert wie Kinder. Umesh begann zu tanzen, dann tanzte auch Elfi mit ihrem Rübezahl-Jürgen, alle drei glücklich, wie ich sie nie gesehen hatte. Ich stand auf, zog Rainer von seinem Stuhl und wir tanzten, wir lachten, wir sangen mit den Trägern ihre Lieder, ›Resham Firiri, Resham Firiri‹, wie oft hatten wir es schon gehört. Endlich wieder fühlte ich mich frei, frei und unbeschwert, und ich wollte, dass es nie mehr aufhörte, das Tanzen, das Singen und das Trommeln. Ich hielt Rainer ganz fest, ich klammerte mich an ihn, als hätte ich die Kraft, das Glück für immer festzuhalten.

Ich war nicht wirklich betrunken, nur glücklich, und alles war so leicht, mein Körper war leicht, das ganze Leben war leicht und es war egal, dass unser Zimmer nur ein Bretterverschlag war mit breiten Ritzen, dass die Tür nicht richtig schloss, die Pritsche nur schmal, alles war egal, alles war so leicht. Wir hielten uns umschlungen und ich fühlte nichts als mein Begehren, nichts als unsere Körper, bis wir, immer noch ineinander verstrickt, endlich einschliefen.

Rainer, Lieber.

Du sollst mich niemals wieder loslassen.

Mit Richard war es nie so gewesen. Richard der Kämpfer, auch im Bett. Nach ein paar Augenblicken war es vorbei, jedes Mal viel zu schnell. Er konnte es nicht verhindern. Danach noch beisammen liegen, Körper an Körper, die Wärme des anderen spüren, die Haut, den Atem, das war seine Sache nicht. Er sprang auf, um zu duschen, kaum dass er fertig war. Oft ging er noch ins Wohnzimmer, las im ›Handelsblatt‹ oder der ›Bauwelt‹ und rauchte eine Zigarette. So war es jeden Abend oder fast jeden. Ich lag dann allein auf dem riesigen Wasserbett und sehnte mich nach einem Mann, der anders war, träumte mich in fremde Arme, an ferne Lippen, und wenn Richard zurückkam zu mir, lag ich entspannt und zufrieden in den Armen eines Mannes, dessen Körper ich niemals gespürt hatte.

Als ich am nächsten Morgen erwachte, schlief Rainer mit über der Brust verschränkten Armen, als hielte er mich immer noch. Ich stand vorsichtig auf, stieg auf das flache Dach unserer Lodge und sah die Gipfel der Berge in der ersten Morgensonne wie mit Blut übergossen.

Rainer! Alles in mir war erfüllt von Rainer.

Muss ich denn darüber reden können, was einmal war? Reicht es nicht aus, dass ich gelernt habe, mit der Erinnerung zu leben? Ich muss ja nicht lügen. Verschweigen genügt schon. Es macht keinen Sinn, die Wahrheit, die man kennt, immer und unter allen Umständen zu sagen.

Nur noch drei Nächte bis Katmandu!

Die nächsten Tage wie ein Rausch. Wir gingen durch blühende Landschaften, zwischen Feldern mit Getreide, vorbei an kahlen Bäumen mit rot leuchtenden Blüten, an klaren Bächen, an Wasserfällen, auf Felsstufen durch Schluchten, dann wieder durch Staub, weißen Staub, braunen Staub, schwarzen Staub. Ein anderes Mal Bilder wie im Tessin mit blühenden Bäumen und Steindächern neben Plattenwegen, später der Duft von Orangenblüten und Zitronen, am Weg Christusdorn und Bougainvilleen.

Einmal badeten wir im warmen Wasser, das hier aus der Erde trat, lagen in gemauerten Becken neben Frauen in langen Gewändern mit entblößten Brüsten und Männern mit Turban, den sie auch im Wasser nicht abnahmen.

Nur noch zwei Nächte bis Katmandu!

Wir verließen das Tal des Kali Gandaki, stiegen von nun an immer aufwärts. Am Nachmittag die ersten Rhododendren mit Blüten in einem tiefen Rot, erst einzelne Bäume, dann immer mehr, immer größere, schließlich Rhododendren mit Stämmen, die zwei Männer nicht umfassen konnten, zehn, zwanzig Meter hoch. Später die

Blüten nicht mehr dunkelrot, sondern hellrot, endlich ein leuchtendes Pink. Einmal eine Gruppe von Trägerinnen am Hang über uns wie bunte Vögel zwischen dem blühenden Geäst.

Wir stiegen Stunde um Stunde und es war, als würde mein Körper leichter mit jedem Schritt an Rainers Seite. Wir gingen vorn, die ganzen eintausendachthundert Höhenmeter, nur Dupshang begleitete uns. Am Nachmittag hatten wir die anderen weit hinter uns gelassen und noch immer fühlte ich mich stark und ohne eine Spur von Müdigkeit. Vorn zu sein war mehr als das, was sich in Ort und Zeit abspielte. Vorn zu sein war ein Lebensgefühl, und das mit jedem Meter mehr.

»You are a strong woman«, sagte Dupshang.

Gegen fünf Uhr Ghorepani, unser Ziel auf der Passhöhe.

Ein Nepali, der aus der anderen Richtung kam, erreichte gleichzeitig mit uns die Lodge. Sein dunkles Gesicht war grau vor Erschöpfung. Der Mann war klein und dürr und sein Körper steckte in einer dünnen Jacke, die bis über seine Knie hing. Über den Handgelenken hatte er die viel zu langen Ärmel zu dicken Wülsten aufgerollt. Ob er uns ansah, war nicht zu erkennen. Sein rechtes Auge blickte nach links, wenn das linke geradeaus sah, und wenn das rechte nach vorn blickte, starrte das linke nach rechts. Doch dann redete er auf Dupshang ein, heftig und mit scharfer Stimme, ein Wasserfall von Worten. War es Streit, war es Aufregung? Wir konnten es nicht unterscheiden. Dupshangs Erschrecken, seine Unruhe plötzlich. Das sahen wir. Manchmal ein bekanntes Wort, ›Katmandu‹ und ›Umesh‹ oder ein anderes, immer wieder: ›maoists‹. Das verstanden wir.

Der Bote suchte Umesh und was er ihm zu melden hatte, brachte er in einem verschlossenen Briefumschlag. Er zog ihn aus seinem Bündel, aber da war kein Umesh, dem er den Brief hätte geben können. Wann er kommen würde? Vielleicht in einer halben, vielleicht in einer Stunde.

Es war nicht viel, was wir Dupshangs wenigen englischen Worten entnehmen konnten:

Am Abend zuvor hatte der Bote Katmandu mit dem Nachtbus verlassen, war nach Pokhara gefahren, dann weiter nach Naya Pul. Von dort war er am frühen Morgen aufgestiegen nach Ghorepani, immer in Eile und fast ohne Pause, um vor der Dunkelheit am Ziel zu sein. Er hatte nicht gewusst, wie lange er brauchen würde, neun oder zehn Stunden, vielleicht auch elf.

Was wir noch verstanden: Wir mussten zurück nach Katmandu, sofort, so schnell wie möglich.

Der Grund?

The maoists! No cars! Bombs! Shooting! Civil war!

Warum?

Die Antwort: ein Schulterzucken.

Wir saßen in der Lodge und warteten. In uns und um uns herum Unruhe, die sich ausbreitete wie ein Buschfeuer. Wir verstanden kein Wort.

Die Mönche fielen mir ein, mit denen Rainer gesprochen hatte, ihre Worte über die Maoisten und was sie geredet hatten über den Kampf gegen Unterdrückung und Korruption mit hunderten von Toten.

Endlich kam Umesh.

Die Nachricht: Die Maoisten zwingen dem Land einen Generalstreik auf, ab morgen Abend oder erst ab Mitternacht. Das ist ungewiss. Kein Bus, kein Auto darf fahren, alle Geschäfte geschlossen. Für wie lange? Auch das ist ungewiss. Einen Tag oder zwei. Man weiß es nicht. Vielleicht auch drei. Morgen um zehn Uhr früh sollen wir in Naya Pul sein. Dort wird uns ein Bus abholen.

Was Umesh sagte: Der Abstieg wird sieben oder acht Stunden dauern, dann zehn bis zwölf Stunden Busfahrt. Macht neunzehn Stunden. Spätestens in dreißig Stunden beginnt der Streik, vielleicht auch schon in vierundzwanzig. Wer dann nicht am Ziel ist, kommt nicht mehr weiter. Die Flugzeuge in Katmandu fliegen trotzdem, auch unseres.

Die nächste Maschine unserer Fluggesellschaft würde erst eine Woche später fliegen. Das wussten wir. Und die würde ausgebucht sein wie immer.

»Wer sich nicht an den Streik hält, wird erschossen«, sagte Umesh.

»Beim letzten Streik hat es Tote gegeben, dreißig oder vierzig, vielleicht sogar noch mehr«, sagte Umesh.

Wir werden nicht den Sonnenaufgang auf dem Poon Hill erleben. Wir werden den Poon Hill gar nicht besteigen. Wir werden die weißen Rhododendren nicht sehen. Wir werden gar keine Rhododendren mehr sehen. Wir werden einen kürzeren Weg nehmen. Sagte Umesh.

Die Touristen draußen auf der Dorfstraße wussten von nichts, nur um uns herum die Aufregung. Wer in den Bergen blieb, brauchte auch nichts zu wissen. Hier würde das Leben weitergehen wie immer.

Mein Gedanke, einfach zu bleiben, allein mit Rainer, hier, wo es friedlich sein würde, drei oder vier Tage abzuwarten, eben so lange, bis der Streik zu Ende sein würde, dann zurück nach Katmandu, von dort irgendwohin, vielleicht nach Bombay, nach Bangkok, nach Kalkutta oder Delhi, vielleicht auch nach Hongkong oder Singapur, irgendetwas würde schon möglich sein, um wieder nach Hause zu kommen.

Aber ich fragte Rainer nicht, ich sagte nichts von meiner Idee. Rainers Sorge um Sarah. Er konnte es nicht abwarten, wieder in Katmandu zu sein. Und ich selbst?

Mein eigenes unsinniges Gefühl, zu Hause unersetzlich zu sein, keinen Tag zu spät kommen zu dürfen. Dabei wurde ich nicht wirklich gebraucht, in diesen Wochen weniger denn je. Die Nachbarin, die meinen Briefkasten leerte und meine Blumen goss, würde es auch noch eine weitere Woche tun. Und wenn nicht: Das Grünzeug wäre ersetzbar und die Post würde schon jemand aufbewahren.

Die anderen machten Pläne für das Wiedersehen in Deutschland.

Nicht mehr zwei Nächte, nur noch eine Nacht, nein, nur wenige Stunden blieben uns noch. Und dann? Wir waren ein Paar. Roswitha und Sarah würden dulden müssen, dass wir in Katmandu ein Zimmer teilten.

Noch einmal waren wir einander ganz nah.

In den letzten Stunden in Kalopani lag ich wach und versuchte mir vorzustellen, was vor mir lag. Ich starrte mit offenen Augen in die Nacht, aber die Finsternis war undurchdringlich.

Um zwei Uhr packte ich meinen Trekkingsack zum letzten Mal, mit Wehmut und tiefer Trauer. Meine Zeit in den Bergen war noch nicht abgelaufen, heute nicht und morgen auch nicht. Noch war ich nicht am Ziel angekommen. Das Ende jetzt als Schnitt, nicht als Vollendung. Ein Stück würde immer fehlen.

Wenig später der Start in einer sternklaren Nacht voller Schatten. Über uns das schwarze Geäst der Rhododendren, ein in den Himmel starrendes Flechtwerk ohne die Farben der Blüten. Im Lichtkegel unserer Stirnlampen drehte sich der Staub wie Rauchwolken, unheimliche Nachtgespinste vor Abgründen neben dem Weg, deren Tiefe nur zu ahnen war. Umesh trieb uns zur Eile an. Wir stolperten über Wurzeln von uralten Bäumen, über Felsen und über Steinstufen, immer in Eile, immer bergab. Die Träger ohne Licht mit flinkfüßigen Trippelschritten unter ihrer Last, erst vor uns, schließlich doch hinter uns zurückbleibend. Noch einmal sangen sie, ein letztes Mal für uns ›Resham Firiri, Resham Firiri‹, leiser und leiser, je weiter wir uns entfernten, bis es wieder still um uns wurde. Unsere Stirnlampen nun auch immer dunkler, bis sie schließlich verloschen. Nur Jürgen hatte noch Licht. Wir hetzten, wir eilten, wir taumelten durch die Dunkelheit.

Es war ein Wunder, das niemand stürzte.

Bei den Häusern bellten die Hunde. Manchmal standen sie auf dem Weg, aber sie griffen uns nicht an. Einmal ein Dorf mit Lichtern, weit, weit unter uns. Noch tiefer musste irgendwo die Straße sein. Um fünf Uhr beim ersten Tageslicht das Verblassen der Sterne am grauen Morgenhimmel, die ersten Vogelstimmen. In den Dörfern krähten die Hähne. Der Himmel dann wie Silber, schließlich blassblau. Noch immer war die Landschaft ohne Farben. Im Nordosten ein schmaler, zweigeteilter Gipfel, der fischschwänzige Machhapuchare im Morgengrauen, bläulich im Dunst des Morgenlichts. Die Vegetation jetzt wie im Gewächshaus mit Tropentrompeten und Bananenstauden, die Häuser aus geflochtenen Matten mit Dächern aus Reisstroh. Die Rhododendrenwälder hatten wir längst verlassen.

Wir eilten weiter, immer in Sorge, immer in Hast, vorbei an Trägern, vorbei an Pilgern, durch Maultierkarawanen hindurch. Wir kamen immer langsamer voran, mussten immer wieder ausweichen, vorbeilassen, abwarten. Später Ströme von Touristen aufwärts über die Steinstufen. Wir drängelten, wir kämpften uns vorbei an den Menschenmassen. Immer mehr kamen, Menschen mit blassen Gesichtern unter großen Hüten, Menschen in Turnschuhen und kurzen Hosen über den weißen Beinen, manche unsicher und linkisch bei jedem Schritt, andere dick und aufgedunsen. In zwei oder drei Tagen würden sie auf dem Poon Hill stehen. Wir haben dort nichts versäumt. Unter uns nun endlich die Straße – Asphalt –, ein Ort mit Steinhäusern, Lastwagen, große und kleine Busse, Autos. Das Gedränge im Ort kaum erträglich, Tiere, Träger, Karren, Touristen, Händler, manche mit großen Läden wie in Besisahar, andere mit nicht viel mehr als einer großen Kiste auf hölzernen Beinen. Um kurz vor zehn Uhr standen wir zwischen Schlaglöchern auf dem staubigen Parkplatz in Naya Pul. Unser Bus wartete schon. Eine Viertelstunde später kamen die Träger. Applaus für die Träger, die Gewaltiges geleistet hatten. Applaus für den pünktlichen Fahrer.

Wir hatten einen Bus für uns allein. Es war wie ein Wunder in dem Gewühl und Gedränge, wo viele auf einen Bus warteten. Erst jetzt merkte ich meine Erschöpfung. Von der Straße nach Pokhara weiß ich nichts. Ich muss schon auf den ersten Kilometern eingeschlafen sein. Als ich aufwachte, war Rainer an meiner Seite wach, die anderen schliefen.

Rainer in Sorge um Sarah.

Rainers Bedürfnis zu reden, über Sarah, über seine Sorgen, über seine Angst um Sarah. Und über den Grund für seine Angst.

Zum ersten Mal seit Muktinath fiel der Name Madeleine.

Mein Erstarren.

»Sie wurde kaum älter, als Sarah jetzt ist.«

Ich weiß es doch! Ich weiß es doch!

Ich sagte nichts.

»Sie starb in der Silvesternacht vor zwanzig Jahren.«

Um Gottes willen, schweig! Ich weiß es doch! Ich war es, die sie anstiftete! Ich, die ich selbst zu feige war.

»In Hamburg, in einer U-Bahn-Station.«

Hör auf, wollte ich schreien. Ich will es nicht hören, nicht aus deinem Mund.

Aber ich schwieg.

»Irgendeine brennbare Flüssigkeit hatte sie genommen, wahrscheinlich Benzin.«

Ich weiß es doch. Madeleine ist tot. Tot. Ist tot!

Sieh mich doch nicht so an! Ich habe Sarah die Mutter genommen!

»Der Funke, weil die Uhr auf 0.05 Uhr weiterrückte ...«

– So stand es in der Bildzeitung.

»Die Explosion! Sie muss sofort tot gewesen sein.«

Plötzlich wieder dieses Zittern. Meine Zähne schlugen aufeinander, meine Knie zitterten, mein ganzer Körper bebte. Dann fing ich an zu weinen, ich zitterte, ich konnte nicht aufhören zu zittern und zu weinen. Rainers Arm um meine Schulter, mein Kopf an seiner Brust, das machte alles noch viel schlimmer, ich konnte nicht anders als weinen und zittern.

»Was ist mit dir?«, fragte Rainer.

Ich schüttelte den Kopf. Ich sagte nichts, alle Worte hatten mich verlassen.

Sieh mich doch nicht so an, ich kann es dir nicht sagen!

Rainer fragte nicht mehr. Er ließ mich schluchzen, eine Ewigkeit, streichelte nur mein Haar, mein nasses Gesicht und wartete, ratlos, verwirrt, wartete einfach ab, wie man auf das Ende eines Schauers wartet. Niemand kann ewig weinen.

Dann ließ das Schluchzen nach, auch der Schmerz ebbte endlich ab, kehrte noch einmal zurück, noch ein zweites Mal, aber nach jedem Mal wurde es besser. Es war wohltuend, noch ein bisschen zu weinen. Ich suchte nach einem Taschentuch, doch ich hatte keines und Rainer fand auch keines. So lehnte ich noch immer an seiner

Schulter mit nassem Gesicht, erschöpft von der Trauer, erschöpft vom Weinen.

Dann plötzlich meine Furcht: Er weiß es! Er muss es jetzt wissen. Und wenn er nichts weiß, dann muss er etwas ahnen. Es kann ihm nicht entgangen sein, was das Schreckliche ist, das mich befällt wie ein Krampf. Jetzt stellte er keine Fragen, aber er würde es tun, früher oder später. Die Wahrheit würde er niemals von mir erfahren.

Eine halbe Stunde später Mittagessen in einem blühenden Garten abseits der Straße. Ich saß zwischen den anderen, aber das war nicht die Wirklichkeit, das war wie im Theater, wie in einem dieser Träume, in denen man auf der Bühne steht und plötzlich merkt, voller Erschrecken, es ist nicht meine Rolle, die ich da spielen soll, ich habe den Text noch nie gesehen und das Stück, das sie spielen, kenne ich nicht. Und trotzdem muss man bleiben, alle Blicke sind auf die Bühne gerichtet. Man hat keine andere Wahl.

Später saß ich im Bus, wieder neben Rainer, aufrecht und stumm, noch immer am Rande des Abgrundes, der mich jederzeit aufs Neue zu verschlingen drohte.

Kurz vor Katmandu war die Straße von einer Menschentraube versperrt. Wir mussten warten. Dann das Gerücht, eine Bombe sei explodiert. Wenig später die Slums am Stadtrand von Katmandu, Staub und Schmutz unter gelber Sonne, bald darauf unser Hotel, die Blumen davor – Tagetes, Wicken, Petunien, Schleierkraut und Löwenmäulchen –, wie bei unserer Abfahrt vor drei Wochen. Nichts hatte sich verändert. Dann der Abschied von Umesh, von Dupshang, von unseren Trägern, das Wiedersehen mit Roswitha. Sie stand vor uns, missmutig mit krummen Schultern, den Kopf vorgeschoben, so wie eine Schildkröte den Kopf aus ihrem Panzer schiebt. Ich verstand, dass sie verbittert war. Von Sarah wusste sie nichts. Mein eigenes Gesicht bläulich im Neonlicht im Spiegel neben der Rezeption, ein fremdes Gesicht, ein hässliches Gesicht mit Falten, die nicht zu mir gehörten. Ich war älter geworden in den Bergen.

Die Zimmer wurden verteilt, wie es zu erwarten war. Roswitha gemeinsam mit mir, Rainer zusammen mit Sarah, wenn sie denn käme. Rainer sah mich fragend an. Ich schüttelte den Kopf. Er konnte nicht sicher wissen, was ich meinte, und doch verstand er mich. Ich wollte bei Roswitha bleiben.

Als ich meinen kleinen Koffer holte, sah ich Rainer an der Rezeption stehen, immer noch in der törichten Hoffnung auf eine Nachricht von Sarah, die irgendwo längst vergessen liegen mochte, eine Nachricht, die man nur finden musste, dann würde man wissen, wo Sarah ist. Aber so sehr sie auch suchten, sogar zu zweit und zu dritt, in jedem Winkel, in jedem Fach, konnten sie doch nichts finden. Ich sah die Ratlosigkeit in den dunklen Gesichtern, ich sah Rainers Sorgen und Angst. In wenigen Stunden würde der Streik beginnen. Schon jetzt Polizisten mit Gewehren vor dem Hotel.

Den Rest des Tages blieb ich allein, ging auch nicht zum Abendessen. Als Roswitha am Abend ins Zimmer kam, stellte ich mich schlafend. Ich dachte an Rainer. Was ahnte er wirklich? Was wusste er noch von Muktinath? Es konnte ihm doch nicht entgangen sein, dass es immer Madeleine war, die mich so um meine Fassung brachte! Dann dachte ich an unsere letzten Tage in den Bergen, an die Nächte, an unsere Liebe. Eine sterbende Lampe flackert, sagt ein nepalesisches Sprichwort.

– Ich hätte jetzt zu ihm gehen können, aber wir wussten beide, dass ich es nicht tun würde.

Den nächsten Tag, den Tag des Streiks, verbrachten wir am Swimmingpool im Garten hinter dem Hotel. Ich las und sprach nur wenig. Rainer neben mir, rasiert und gekämmt. Er war mir plötzlich fremd. Ich vermied es, mit ihm allein zu sein. Von Sarah immer noch keine Nachricht. Warum rief sie nicht wenigstens an?

Am Vormittag verließ eine andere Gruppe unser Hotel. Wir sahen sie fahren, nicht mit Fahrradrikschas, wie es erlaubt war, sondern im Bus. Auf dem Beifahrersitz und hinter dem Fahrer Polizisten mit Gewehren im Anschlag. Sie erreichten den Flughafen ohne Zwischenfälle. Wir saßen und warteten, ohne recht zu wissen, worauf. Also warteten wir darauf, dass die Zeit käme zum Mittagessen. Nachher würden wir auf das Abendessen warten und schließlich darauf, dass der Tag vorübergehen würde. Manche verbringen ihren ganzen Urlaub so.

# 28

Was damals wirklich geschah, ich meine, warum die Explosion so früh und so heftig war, dass Madeleine getötet wurde, weiß ich bis heute nicht. Als es geschah, stand ich nicht mehr neben ihr. Auch ich hätte sonst nicht überlebt. Ich war längst davongelaufen, als sich die Detonation mit ungeheurer Wucht ereignete, weil ich Angst hatte, immer Angst hatte vor etwas, von dem ich nicht wusste, ob ich es beherrschen würde. Sogar vor Silvesterknallern fürchtete ich mich und vor einer richtigen Explosion hatte ich panische Angst.

Dabei war der Anschlag auf den Fahrkartenautomaten meine Idee gewesen. Auch den Ort hatte ich ausgesucht, in Hamburg die U-Bahn-Station Sternschanze, wo ich zuvor ein paar Mal gewesen war, nicht eine Haltestelle in unserer Heimatstadt. Die Gefahr, Bekannte zu treffen, wäre zu groß gewesen. Es war auch meine Idee gewesen, die Lunte aus Zündschnüren von Silvesterknallern zusammenzubasteln, ein dreißig Zentimeter langes, überaus kunstvolles Geflecht aus den dünnen Schnüren der harmlosesten aller Knallkörper. Ich war es, die als Tag und Stunde des Anschlags den Jahreswechsel festlegte, den Augenblick, wo die Explosion im Krachen der Böller untergehen sollte. Ich hatte die Aufgaben verteilt, hatte selbst eine Sprühflasche und einen Kanister gekauft (wir konnten das Benzin doch nicht an der Tankstelle direkt in die Flasche füllen!), dann das Benzin besorgt und die

Fahrkarten nach Hamburg. Für Madeleine blieb das Entscheidende. Sie sollte das Benzin in den Automaten füllen und die Lunte anzünden, aber ich allein trug für alles die Verantwortung. Niemand außer uns beiden wusste von dem Plan. Ich wollte erst davon erzählen, wenn der Anschlag geglückt war.

Gegen neun Uhr abends waren wir in den Zug gestiegen. Die Leinentasche, in der wir die Flasche mit dem Benzin und die Zündschnur versteckt hatten, trug Madeleine. Wir waren allein im Abteil und Madeleine machte Witze über unseren Plan, malte sich den Knall und die Zerstörungen aus, kichernd und mit kindlicher Freude. Automaten flambieren, so nannte sie es, und nicht nur einen, sondern viele, am liebsten würde sie alle zerstören, bis niemand mehr Fahrkarten hätte und es endlich Wirklichkeit würde, was längst nötig war: Jeder könnte umsonst fahren. Sie war aufgedreht und lachte – ich höre es noch heute –, während ich Angst hatte, nicht nur vor dem Anschlag, auch davor, dass man uns hören würde im Nebenabteil, die Polizei alarmieren und wir im Gefängnis wären, noch ehe wir Hamburg erreicht hatten. Mir war nicht zum Lachen zumute. Als wir am Bahnhof Dammtor ausstiegen, blieb uns noch mehr als eine Stunde bis Mitternacht. Wir gingen zu Fuß durch die feuchten Straßen, an Planten un Blomen vorbei, immer auf den Fernsehturm zu und endlich – der Weg war weiter, als wir gedacht hatten – am Schlachthof durch finstere, menschenleere Straßen, dann unter der alten Eisenbahnbrücke hindurch und neben den Gleisen entlang bis zur U-Bahn-Station Sternschanze. Hier war kein Mensch und die nächsten Häuser standen weit genug entfernt. Zwanzig Minuten vor Mitternacht waren wir dort, ein paar Augenblicke später entdeckten wir, dass wir die Streichhölzer vergessen hatten. Ein ratloser Griff in unsere Taschen, aber wo nie ein Feuerzeug oder Streichhölzer sind, musste die Suche vergeblich bleiben. Was tun? Wir konnten doch nicht einfach auf die Straße gehen und den nächsten Passanten um eine Schachtel Streichhölzer oder ein Feuerzeug bitten. Keine Frage, dass er sich an uns erinnern würde, wenn er von dem Anschlag las. Außerdem gab es in dieser schaurigen Gegend keine Passanten. Dann hatte Madeleine die Idee mit den Zigaretten zum Anzünden der Lunte. Also kauften wir eine Packung am Automaten. Sich mit einer kalten Zigarette im Mund Feuer reichen zu lassen, das war nicht verdächtig und es sollte meine Aufgabe sein, dies zu tun. Ich war die Unauffälligere von uns beiden, auch jetzt noch, wo Madeleine ihre roten Haare schwarz gefärbt und kurz trug. Ich ging den finsteren Weg zur Schanzenstraße zurück, bis ich auf einen Mann traf. Er kam im Licht der trüben Straßenlaterne auf mich zu, noch ehe ich ihn angesprochen hatte, ein Mann von abstoßender Hässlichkeit, schlitzäugig unter geschwollenen Augenlidern, das ganze Gesicht prall und gedunsen und zwischen den unrasierten Wangen die Nase wie ein wild wucherndes Gewächs, ein roter, unförmiger Blumenkohl. Als ich fragte, seine Miene, als hätte ich ihm ein eindeutiges Angebot gemacht, sein Blick, mit dem er mich abtastete. Ich sah es, wie seine Augen über meinen Körper glitten. Dann gab er mir Feuer. Er hielt sein Feuerzeug so, dass ich ihm ganz nah kommen musste. Ich roch den Alkohol in seinem Atem, aber die Zigarette brannte immer noch nicht. Plötzlich sein Griff mit der anderen Hand nach meinem Po. Sein hässliches Lachen. Er hielt mich fest und presste mich gegen seinen Unterleib. Dann ließ er mich wieder los, griff in seine Tasche und warf eine Packung Streichhölzer auf den Boden. Ich hob sie auf und lief davon. Sein Grölen hörte ich, bis ich wieder zur Station kam. Sieben Minuten vor Mitternacht war ich zurück.

Ein paar Minuten später derselbe Mann an der Tür der Eingangshalle. Er ging zum Automaten, während wir uns auf den Bahnsteig zurückzogen. Als wir einmal um die Ecke lugten, stand der Mann noch immer an derselben Stelle und studierte die Anleitung. Es dauerte eine Ewigkeit, bis er endlich sein Portemonee aus der Tasche zog, das Geld einwarf, seine Fahrkarte nahm und in die andere Richtung verschwand. Uns hatte er nicht beachtet.

Dann waren wir wieder allein. Während Madeleine das Benzin durch den Schlitz sprühte, zog ich mich langsam zurück, kam nur noch einmal näher, als sie mich fragte, ob sie alles einfüllen solle. Sie tat es, weil ich es ihr sagte. Schon jetzt war der Geruch nach Benzin unerträglich. Meine Uhr zeigte vier Minuten nach Mitternacht. Draußen feierliches Glockenläuten wie in jeder Silvesternacht, dazu die Kracher. Als ich mich noch einmal umsah, steckte Madeleine die Lunte in den Schlitz. Niemand war in ihrer Nähe, die Eingangshalle immer noch menschenleer.

Als der Automat explodierte, war ich nicht mehr in der Halle. Es war wie selbstverständlich, dass ich mich zurückzog. Ich wurde doch nicht mehr gebraucht! Warum hätte ich an Madeleines Seite bleiben sollen? Die Druckwelle schleuderte mich vor der Tür zu Boden, in einem Hagel von Splittern und umherfliegenden Trümmern, aber ich blieb unverletzt. Ich raffte mich auf und lief zurück in die Halle. Dann sah ich Madeleines Körper auf dem Asphalt vor der gekachelten Wand, verstümmelt und die Kleider vom Leib gerissen, sah die Splitterwunden in ihrem Körper, das viele Blut. Ich wusste sofort, dass sie tot war. Trotzdem trat ich ganz dicht zu ihr, aber ich rührte sie nicht an.

Ich bin davongelaufen. Was hätte ich denn tun sollen? Ich konnte ihr doch nicht mehr helfen, das sah ich doch! Es war entsetzlich!

Danach meine Flucht durch die Straßen, Knallfrösche im Zickzack zwischen meinen Beinen, Heuler und Böller direkt neben mir, Explosionen und scharfes Knattern, bengalisches Feuer, bald darauf das Konzert der Martinshörner, der Widerschein vom Blaulicht an den Häusern, heller als das Feuerwerk.

Ich irrte durch die Straßen, vorbei an Häusern und Menschen, verschwommen hinter Tränenschleiern, bis ich zum Hafen kam. Dann lehnte ich an der Brüstung, ich beugte mich immer weiter vor, ich zog mich hoch, bis meine Füße den Boden nicht mehr berührten. Das Wasser war so tief unter mir, dass ich es nur ahnen konnte. Niemand beachtete mich. Ich hing und wusste nicht, ob ich vor wollte oder zurück, bis ich mich – das Gleichgewicht hatte ich schon beinahe verloren – wieder auf festen Boden gleiten ließ. Dann ging ich hinunter zu den Landungsbrücken, ganz langsam jetzt, wo ich auf die trüben Lichter im Nebel starrte und in das dunkle Wasser dicht unter mir. Es floss in die verkehrte Richtung und ich wusste nicht mehr, wo ich war. Ich wollte springen, doch ich sprang nicht. Wie lange dauert es, bis man ertrinkt, wenn man schwimmen kann? Ich stand und heulte, bis ich schlotterte vor Kälte und mich ein junges Pärchen ansprach. Ich rannte davon, ohne sie anzusehen, jetzt durch Nebelschwaden mit dem Pulvergeruch der Feuerwerkskörper, fand endlich den Dammtor-Bahnhof, stand an den Gleisen und wusste nicht, ob ich einsteigen oder mich vor den nächsten Zug werfen wollte. Es fuhr kein Zug. Aber ich konnte hier nicht bleiben, ich hielt es nicht aus, zu sitzen und zu warten, so lief ich wieder durch die Stadt wie besinnungslos, lief und lief, bis ich erschöpft war und ich meine Füße nicht mehr spürte. In mir war alles leer.

Gegen fünf Uhr saß mein Körper im Zug, vor meinen Augen nichts als die tote Madeleine, all mein Denken betäubt durch das Unabänderliche, das Endgültige. Nichts auf dieser Welt konnte sie wieder lebendig machen. Dann beim Aussteigen die Entscheidung, mich umzubringen. Ich wollte nicht mehr leben, aber dann war ich zu feige, mir etwas anzutun. Der Bahnhof wie ausgestorben.

In den nächsten Stunden zu Hause Fieberträume voller Entsetzen, Köpfe, vom Rumpf getrennt, zerfetzte Leiber, verrenkte Glieder, Häuser in Flammen und immer wieder Stichflammen, die alles verbrennen, und Explosionen, die alles zerreißen.

Ich verfluchte meinen Plan mit dem Automaten. Ich verfluchte meine Antwort auf Madeleines letzte Frage, ich verfluchte, dass wir uns wieder begegnet waren, und ich verfluchte meine Schwäche und meine Abhängigkeit. Der Anschlag, den ich als Stärke gedacht hatte, war nichts als ein Zeichen meiner Ohnmacht und meines Unvermögens. Und nur weil ich schwach war, hatte ich mit niemandem über meinen Plan gesprochen. Nur weil ich feige war, hatte ich Madeleine zu schweigen geboten. Was hatten wir denn von den Gefahren gewusst?

Am Tag nach Neujahr stand es in den Zeitungen, ›Terrormädchen in die Luft gesprengt‹ titelte die ›Bildzeitung‹. Was sie noch schrieb: Die auf fünf Minuten nach Mitternacht weiterrückende Uhr habe die Explosion ausgelöst. Ich weiß nicht, ob es stimmt.

Am selben Tag der Anruf von Jan. Woher konnte er wissen, dass Madeleine die Tote war?

Seine Frage: »Hast du von ihrem Plan gewusst?«

Ich verneinte, wieder in Tränen, aber es erweckte seinen Argwohn nicht. Der Tod der Freundin, das war Anlass genug für Tränen. Ein paar Stunden später stand er in meiner Wohnung, die ›Bildzeitung‹ in der Hand, und verlangte, dass ich über Madeleines Tod schrieb. Ich weigerte mich, ich stammelte, ich heulte, ich schrie, bis er endlich von mir abließ. Nie wieder habe ich für sie geschrieben, nie wieder habe ich etwas für sie getan.

Ich weiß nicht, wer den Text verfasste, den ich ein paar Tage später in meinem Briefkasten fand.

*Unsere Genossin Madeleine ist tot, sie starb nicht den alltäglichen Metropolentod. Madeleine war mobilisiert, hatte ihren Hass gegen das System in Mut und Kraft verwandelt. Sie hatte andere Lebensformen kennen gelernt, den totalen Widerspruch zu dem sonst Erlebten. Anstatt Stress, Konkurrenzkampf, Isolation hat sie Liebe, Kollektivität und Freiheit zu leben versucht. Sie ist losgezogen zum neuen Jahr, hatte was Besseres vor, als sich mit Alkohol vollaufen zu lassen, wollte statt leerer Sprüche und schaler Hoffnungen auf bessere Zeiten das neue Jahr mit brennenden Fahrscheinautomaten, mit einem Stück Nulltarif für alle beginnen. Jetzt weiß jeder, warum es zu dieser Katastrophe gekommen ist, jetzt kann jeder Bild-Schreiberling runterrasseln, dass bei Benzin-Luft-Gemischen ein Funke genügt und dass in einem Stromkreislauf jederzeit ein Funke auftreten kann und dass ein Automatengehäuse wie eine gigantische Verdämmung wirkt. Aber Madeleine wusste es nicht, als dieses Wissen für sie lebenswichtig war, und sie musste für ihre Unwissenheit mit dem Leben bezahlen. Das macht uns neben unserem Schmerz unheimlich wütend und verzweifelt.*

*Wir sind nicht in palästinensischen Lagern oder in Nordirland aufgewachsen, wo schon die Kinder lernen, wie man sich wehrt, welche effektiven Mittel es gibt und wie man sie optimal einsetzt. Optimal, das heißt, dass sie dem Gegner schaden und nicht uns. Wir sind in einem Land aufgewachsen, in dem Widerstandserfahrungen so gut wie überhaupt nicht entwickelt bzw. vermittelt wur-*

*den. Wenn ihr auf einem Gebiet sichere Erfahrungen habt, dann bringt sie unter die Leute, damit andere nicht unnötige Fehler machen! Wäre dies früher und massenhafter geschehen, könnte Madeleine noch am Leben sein. Insofern sind wir alle für das, was in Hamburg passierte, mit verantwortlich. Das ist furchtbar. Ihr Tod hat uns wahnsinnig getroffen.*

Nach Madeleines Tod war es, als habe ich selbst nicht mehr unter Lebenden geweilt. Ich sah die anderen Menschen tot. Vor meinen Augen verwandelten sie sich in Leichen, die Kollegin, die mich besuchte, die Ärzte, die Schwestern im Krankenhaus, die anderen Patienten, alle sah ich tot mit verrenkten Gliedern und mit vom Körper gerissenen Kleidern.

Ich war krank geworden, hatte Fieber bekommen, hohes Fieber, für das sich keine Ursache fand. Ich war ins Krankenhaus gekommen, man untersuchte mich, untersuchte mein Blut. Immer wieder kam jemand mit einer Nadel, dann ließen sie mich röntgen, bis es nichts mehr zu röntgen gab, sie zogen alle denkbaren und undenkbaren Ursachen für meine Krankheit in Betracht, gaben mir Antibiotika, ohne zu wissen, wofür, dann Kortison, als die Antibiotika nicht halfen, aber das Fieber blieb. Ich aß nichts mehr und magerte bis auf die Knochen ab, trotz ihrer Infusionen. Sie schickten einen Psychologen. Er kam mehrmals, aber ich schwieg. Vor meinen Augen immer noch Madeleines Körper auf dem dunklen Asphalt vor den orangefarbenen Kacheln, das viele Blut, ihr zertrümmerter Schädel mit den starren Augen.

Am Anfang war mein Bewusstsein zusammengeschrumpft auf die ersten schrecklichen Sekunden, Bilder des Entsetzens, die mich nicht verließen, wo immer ich war, was immer man mit mir tat, der Lichtblitz der Stichflamme, der Knall, die Druckwelle, die mich zu Boden schleuderte, und immer wieder Madeleines toter Körper, meine Flucht. Erst später tauchten die Stunden vor dem Unglück in der Erinnerung auf, Stunden, die mir verloren gegangen waren im Grauen der fürchterlichen Augenblicke. Der Betrunkene mit der Blumenkohlnase, der mich begrapscht hatte, kam zu mir zurück, die vergessenen Streichhölzer fielen mir ein, ich hörte Madeleines Heiterkeit auf der Fahrt nach Hamburg – die Erinnerung war bitterer als jede andere –, dann waren es die letzten Wochen, die Monate davor, Madeleines Verzweiflung nach dem Banküberfall und ihre kleine Tochter, von der ich nicht wusste, wer sie zu sich genommen hatte. Immer mehr Einzelheiten fielen mir ein.

Und als ich aus dem Krankenhaus entlassen wurde – das Fieber war geblieben, doch es war nicht mehr so hoch, – war die Stadt erfüllt von Madeleine, denn die Erinnerungen waren nicht nur tief in meinem Inneren, sie waren ringsum. Sie waren im Park, in dem sie mit ihrer Mutter gewohnt hatte, in der Kneipe, wo wir abends unser Bier getrunken und Erdnüsse geknabbert hatten, in den Geschäften, in denen sie eingekauft hatte, bei unserer Schule und in allen Straßen, die wir gemeinsam gegangen, an allen Orten, wo wir zusammen gewesen waren. Ich habe versucht, den Erinnerungen aus dem Weg zu gehen, doch es war nicht möglich. Deswegen habe ich die Stadt verlassen, bin in den Süden von Deutschland gezogen, aber dort blieb ich eine Zugereiste, eine, die anders sprach, eine, die anders dachte. Und je länger ich eine Fremde blieb, umso allgegenwärtiger wurde das, was ich hinter mir lassen wollte. Meiner Erinnerung konnte ich nicht entkommen. Noch immer sprach ich mit Madeleine in meinen Gedanken, noch immer wollte ich rechtfertigen, wo es nichts zu rechtfertigen gab, wollte mir vergeben lassen, wo es nichts zu vergeben gab. Doch die Tote blieb stumm. Mit keinem Lebenden habe ich jemals über das gesprochen, was damals geschehen ist. Die Lebenden können mich so wenig von meiner Schuld freisprechen, wie es die Tote kann. Es ist besser zu schweigen.

Nach zwei Jahren bin ich zurückgekommen in meine Heimatstadt. Ich habe den Faden der Zeit dort wieder aufgenommen, wo ich ihn hatte fallen lassen, als Madeleine mit ihrer Tochter auf dem Arm meine Wohnung betreten hatte. Es gab noch so viel, wo ich mein Leben wieder anknüpfen konnte.

# 29

Am Nachmittag hielt Rainer das Warten nicht mehr aus. Er verließ das Hotel trotz aller Warnungen und trotz der mehr als zwanzig Todesopfer, die der Streik schon am Vortag gefordert hatte. Ich stand am Fenster und sah ihm nach, wie er auf der staubigen Straße zur Stadt ging, den blauen Anorak über dem Arm.

Wieder diese Unruhe, diese Angst, dazu die Ungewissheit über das, was draußen geschah. In der Hotelhalle saßen zwei buddhistische Mönche vor dem Fernseher und sahen Fußball. Auch jetzt keine Nachrichten.

Dann war ich allein auf dem flachen Dach des Hotels, saß auf einem der verrosteten Klappstühle, blickte auf die blauen Hügel, die, obwohl nah, hinter dem grauen Schleier nur zu ahnen waren, blickte in die Sonne, in den schmierigen, gelben Ball, den man ansehen konnte ohne Schmerz in den Augen, blickte zur Stadt, über der auch heute der Dunst lag wie Rauch, obgleich kein Auto fuhr. Es war still, keine Stimmen, keine Fahrzeuge, auch keine Schüsse. Ich saß und tat nichts als warten, warten auf Rainer, warten auf Sarah, warten auf das Ende des Streiks, warten auf den Heimflug, warten auf die Zukunft. Wie schnell sich die Erde drehte! Die Sonne wanderte weiter – einziges Zeichen der verstreichenden Zeit –, bis sie, noch immer hoch am Himmel, verlosch. Kein Sonnenuntergang. Der rote Lampion, zu dem die Sonne geworden war, hatte sich im Dunst aufgelöst.

Als ich zu den anderen ging, war Rainer schon zurück. Ich hatte ihn nicht kommen sehen. Was er berichtete: In der Stadt keine Touristen außer ihm, keine Frauen auf den Straßen und Plätzen. Überall Polizisten in blauen Uniformen, immer zu dritt oder zu viert, die meisten bewaffnet mit Bambusstöcken, manche auch mit Gewehren. Polizeifahrzeuge, sonst keine Autos, keine Busse, aber Fahrräder und Rikschas. Einmal ein Krankenwagen mit Blaulicht. Die Geschäfte alle geschlossen bis auf die Apotheken. Auf einem Platz in einer Menschenmenge ein Redner mit einem Megafon, sein Tonfall wie der von Hitler. Demagogie klingt in allen Sprachen gleich. Dann plötzlich Steine, die in die Menge flogen. Nirgends eine Spur von Sarah.

Hatte er damit gerechnet?

Das Gerücht: Am nächsten Tag würde der Streik beendet sein. Die Regierung habe zugesagt, die Forderungen der Maoisten zu erfüllen.

Endlich ging auch dieser Tag vorbei.

In der Nacht wachte ich auf und glaubte Rainers Atem zu hören. –

Der nächste Morgen bleigrau wie der Abend zuvor – unser letzter Tag in Katmandu. Der Streik war beendet. Ein letztes Mal gingen wir gemeinsam. Unser Ziel war die nahe Königsstadt Patan. An der Bagmati trennte ich mich von der Gruppe und trat auf die Brücke, ein letztes Mal. Unter mir Inseln von Müll im dunkelgrauen Wasser, Geruch nach Kloake, vom Boden träge Blasen und Eruptionen von Fladen aus Faulschlamm. Heiliges Wasser.

Die anderen hatten auf mich gewartet. Dann die Altstadt von Patan, zum letzten Mal Pagoden, zum letzten Mal die Götterstatuen, die mit Totenköpfen bekränzten Fratzen und die Gestalten in vollkommener Schönheit, zum letzten Mal die steinernen Torhüter vor den Tempeln und Palästen, die Löwen und Elefanten und die zu Stein gewordenen Fabelwesen, zum letzten Mal Hammer und Sichel an Tempeln und Palästen. Auch das Leben in den Hinterhöfen für uns zum letzten Mal, die zerlumpten Kinder mit den dunklen Gesichtern, die Blicke aus braunen Augen, das Mädchen mit einem in Lumpen gewickelten Holzstück statt einer Barbiepuppe. Zum letzten Mal die Frauen mit bunter Wäsche in glänzenden Blechschüsseln, Armut mit lachenden Gesichtern. Ihre bunten Gewänder werden mir fehlen. Zum letzten Mal Mittagessen in einem winzigen Dachrestaurant mit Blick auf Pagodendächer. Reisbier zum Abschied.

Das Leben hier wird weitergehen, wie jeden Tag, auch wenn wir wieder zu Hause sind, alles wird bleiben, der Reichtum der Kunstwerke und die Armut der Menschen, der Glanz und der Schmutz. Was werde ich mitnehmen können von meinen Eindrücken? Die Bilder werden mir bleiben, die ich als Foto in der Hand halten werde, bleiben wird mir das, was ich aufgeschrieben habe, und das, was ich erzählen werde. Das andere wird untergehen in den Erinnerungen an andere Reisen. Nur ein Anstoß, ein Wiedererkennen, wird es in mein Bewusstsein rufen und dann wird so vieles wieder gegenwärtig sein, auch meine Gefühle.

In dreizehn Stunden würde uns der Bus zum Flughafen bringen. Sarah war immer noch nicht im Hotel, als wir aus Patan zurückkehrten.

Sie kam, als wir beim Abendessen saßen, munter und ausgelassen tanzte sie um uns herum wie ein Hüpfball, umarmte Rainer, umarmte jeden von uns und ihr kleiner Rucksack wippte auf ihren Schultern. Sie war tatsächlich in den Bergen gewesen, hatte bei den Verwandten von

Maila gelebt, hatte mit ihnen auf dem Boden geschlafen, hatte gelernt, Getreide zu mahlen und ihre Gerichte zu kochen, hatte mit ihnen vor dem kleinen Hausaltar gebetet, die Ziegen gemolken, die Hühner gefüttert und hatte gesehen, wie die buttergelben Küken aus ihren Eierschalen schlüpften. Sie war glücklich. Von einem Streik wusste sie nichts.

Dann der Abend des Abschieds. Wir ließen Zettel wandern, auf die jeder seine Adresse schrieb. Was ich las: Sarah lebte noch immer in meiner Stadt, nicht bei ihrem Vater in München. Ohne etwas zu schreiben verließ ich die anderen und ging in mein Zimmer. Niemand hatte meine Adresse bekommen. Hatten sie es nicht bemerkt?

Morgen Abend wieder in Deutschland, das war so ungefähr alles, was ich denken konnte.

Am nächsten Morgen die Fahrt zum Flughafen, wo Umesh wartete mit Blumenketten aus gelben duftenden Blüten, Bananen und Seidenschals, Abschiedsgeschenke nach seinen Bräuchen.

Dann wieder das Anstehen am Schalter, Rainer und Sarah direkt vor mir. Ich löste mich aus der Schlange und tat, als habe ich etwas vergessen. Als ich wiederkam, hielten sie ihre Bordkarten schon in der Hand. Wir würden nicht nebeneinander sitzen.

Dann vom Flugzeug zum letzten Mal die Gipfel des Himalaja, schwebend über dem Dunst wie bei unserer Ankunft.

Wir flogen den ganzen Tag. –

Ich hatte Angst vor dem Abschied. War es nicht möglich, dass wir einander abhanden kommen, so wie man einen Handschuh verliert? Ich hatte den Abschied längst vollzogen, wozu brauchte es jetzt noch Worte? Wozu Umarmungen? Ich hasse Abschiede.

Wir standen am Gepäckband, auf dem eine rote Reisetasche sinnlos ihre Kreise zog. Nur die Passagiere unserer Maschine waren in diesem Teil der Halle und Rainer wartete in meiner Nähe. Wir würden uns nicht ohne Abschied aus den Augen verlieren.

Endlich unser Gepäck, erst das von Sarah und Rainer, dann meines. Rainer half mir. Dann trat er auf mich zu und hob seine Arme mir entgegen. Die Sorge auf seinem Gesicht tat mir weh. Ich wusste, was jetzt kommen würde, in allen Einzelheiten voraus, seine Umarmung, seinen Kuss, seine Worte.

»Anne, deine Adresse, du hast mir noch nicht deine Adresse gegeben.«

Ich schüttelte den Kopf. »Ich melde mich Rainer, ich verspreche es dir.«

Er sah mich an: Unglauben in seinem Blick, Bestürzung.

»Bestimmt, ich melde mich.«

Rainer, der nicht verstand. Ich sah seine stumme Frage.

»Mach's gut, Rainer.«

»Anne!«

»Ganz bestimmt, ich melde mich.«

Rainer stand vor mir mit hängenden Schultern. Wie hätte er denn verstehen können?

»Alles Gute für dich und für Sarah.«

Ich wendete mich ab, ehe er meine Tränen sehen konnte.

Ja, ich würde ihm schreiben, ich war ganz sicher und dieser Entschluss erleichterte mich. Das war etwas, womit ich mich vor mir selbst rechtfertigen konnte.

Dann der Abschied von den anderen, von Elfi zuerst, dann von Jürgen, schließlich von Roswitha, Umarmungen, Küsse nur als ob, rechts, links und wieder rechts. Sarah telefonierte.

Die gelbe Blumenkette duftete immer noch.

Als ich zum Ausgang ging, kam mir Sarah entgegen. Ich gab ihr die Hand.

»Mach's gut«, und »Vielleicht sehen wir uns einmal«, das war alles, was ich über die Lippen brachte.

Bei der Passkontrolle sah ich Rainers blauen Anorak zum letzten Mal. Es machte mir Mühe zu denken, dass wir uns niemals wieder sehen würden.

# 30

Zu Hause habe ich meine Geschichte niedergeschrieben. Weil ich die Vergangenheit aufgeschrieben habe, hat sie weniger Macht über mich, auch wenn ich sie nicht einfach entlassen kann. Zwanzig Jahre habe ich mich damit gequält, immer wieder dasselbe zu denken, dieselben Selbstvorwürfe, dieselben abgenutzten Gedanken. Es war ein Zwang, dem ich nicht entrinnen konnte, und mein Versuch, das Vergangene beiseite zu schieben, war erfolglos geblieben. Das Schreiben hat mich freier gemacht und vieles, was damals geschah, begreife ich erst jetzt, wo es auf dem Papier steht. Ich habe versucht, nichts zu beschönigen, und ich wollte nichts glätten. Glätten hieße Verfälschen. Was ich getan habe, ist unverzeihlich. Madeleines Tod lässt sich nicht entschuldigen als notwendiges Opfer im Dienst einer vermeintlich guten Tat und auch nicht als tragischer Zwischenfall bei einem linken Kavaliersdelikt.

Was ich geschrieben habe, ist meine Geschichte, aber durch das Schreiben habe ich Abstand gewonnen. Die Hauptperson, die meinen Namen trägt, ist mir fremd geworden, zu fremd in manchem. Ich habe mich verändert, so wie sich die Zeit verändert hat, in der ich lebe. Wieso nehme ich heute alles hin, wogegen ich einmal gekämpft habe? Ich will nicht der Gewalt das Wort reden, aber ich vermisse den Protest, meinen Protest. Dabei gäbe es noch so viel zu protestieren. Money makes the world go round – man nimmt es hin. Profitgier als stärkste aller Triebfedern. Und dazu die totale Erfassung, vom computerlesbaren Personalausweis bis zum genetischen Fingerabdruck, die Kameras, die jeden Schritt überwachen. Wozu haben wir uns über die Volkszählung aufgeregt? Wozu der Boykott? Jetzt hat man sich gewöhnt. Man kann ja doch nichts tun. Ich mache da keine Ausnahme. Nur eine Minderheit lehnt sich heute noch auf und wer protestiert, gilt vielen schon als Querulant. Die meisten haben resigniert in der Erkenntnis, dass doch alles kommt, wie es kommen soll, oder haben aufgegeben in der Einsicht in scheinbar unumstößliche Notwendigkeiten. Man regt sich auf, am Stammtisch oder beim Kaffeeklatsch, im Übrigen ist man anderweitig beschäftigt.

Der revolutionäre Nachwuchs ist mit den Jahren dünner geworden und es hat den Anschein, als stürbe er aus. Warum soll man sich auflehnen, wenn Anpassung der leichteste Weg zum eigenen Ziel ist? Warum soll man protestieren, wenn einem schon immer alles in den Schoß gefallen ist? Und die, denen nichts in den Schoß fällt, schweigen oder saufen und grölen leere Parolen.

Dadurch, dass ich meine Geschichte aufgeschrieben habe, ist mein Leben anders geworden. Nein, ich habe mich nicht auf die Schienen gesetzt, um die Castor-Transporte aufzuhalten, und ich habe nicht auf der ›Biotechnica‹ gegen Gentechnik protestiert. Die Veränderungen sind anders, sind unauffälliger. Ich bin sorgloser geworden mit mir selbst und das ist eine unüberschätzbare Veränderung.

Es ist nicht so, dass ich das Leben nehme, wie es kommt, ergeben in mein Schicksal, aber ich kann abwarten, kann der Zeit Zeit lassen. Es gibt nicht nur einen Weg. Ich springe nicht mehr auf in der Hoffnung auf das große

Angebot, wenn ich die Post durch den Briefkastenschlitz fallen höre, ich harre nicht mehr atemlos auf das Klingeln des Telefons. Ich spare mir die nutzlose Unruhe. Ob ich glücklich bin, liegt mehr an meiner Einstellung als an den äußeren Bedingungen, denn unerträglich werden die Bedingungen nicht sein. Ich kann von meinen kleinen Einkünften leben. Ich brauche nicht viel. Ich habe keine Schulden und etwas Geld vom Erbe meines Onkels ist auch noch da. Was also habe ich gefürchtet? Ich schreibe als freie Mitarbeiterin, frei im wahrsten Sinne des Wortes. Das eröffnet mir Möglichkeiten, die ich sonst nicht hätte. Und weil ich gut schreibe, nehmen die Zeitungen meine Artikel gern. Ich schreibe über modernes Theater, ich schreibe über die Hochschulen und ich schreibe über die Entwicklung unserer Gesellschaft. Ich kann auch über weniger populäre Themen schreiben und es ist nicht beliebig für mich, worüber ich schreibe. Ich kenne meine Fähigkeiten. Mein Fehler war, mir Misserfolge ungebührlich lange vor Augen zu halten. Es mag sein, dass ich niemals wieder eine feste Anstellung finden werde, aber ich kann von meiner Arbeit leben. Ich genieße das Glück, frei zu sein. Noch nie konnte ich das Alltägliche auf Dauer ertragen, wozu soll ich mich wieder binden? Anders als früher bin ich jetzt gern allein, nicht immer, aber oft. Und häufiger als in der Vergangenheit tue ich das, was mir Freude macht.

Rainer war nicht meine einzige große Liebe und er wird nicht der letzte Mann in meinem Leben sein. Aber es ist besser für mich, allein zu bleiben, als gemeinsam mit einem Mann zu leben, der meine Schwäche braucht. Ich werde auch nicht die letzte Frau für Rainer gewesen sein. Rainer der Helfer. Es wird ihm leicht fallen, eine andere Frau zu finden. Die Zeit mit Rainer war schön und durch die Begegnung mit ihm und durch meinen Umweg über die Berge bin ich weiter gekommen, als wenn ich den ebenen Pfaden gefolgt wäre.

Ich bin nach Hamburg gefahren. Zum ersten Mal seit zwanzig Jahren war ich wieder in der Stadt, mit der Bahn, wie damals. Ich bin wieder am Bahnhof Dammtor ausgestiegen und bin unseren Weg noch einmal gegangen. Manches hat sich gewandelt, vieles habe ich wieder erkannt: die alte Eisenbahnbrücke noch wie damals, die Häuser in der Schanzenstraße, die beiden Bahnhöfe aus roten Backsteinen. Dann stand ich in der Eingangshalle der U-Bahn-Station. Ich bin lange an der Stelle geblieben, an der Madeleine starb. Ich stand und ließ meiner Trauer und meinen Tränen freien Lauf. Aber ich bin nicht davongelaufen. Ich habe die Erinnerung ertragen, weil ich schon oft in Gedanken hierher zurückgekehrt war und weil ich aufgeschrieben habe, was hier geschehen ist. Ich blieb stehen, bis ich wieder ruhiger wurde und bis meine Tränen versiegten. Später bin ich noch einmal zurückgegangen zur Schanzenstraße. Die Zweige der Mahonien schnitten tief in meine Finger, als ich ein paar von den blühenden Trieben abbrach. Ich habe sie an die Stelle gelegt, an der ich Madeleine gefunden habe, leuchtend gelbe Blüten auf grauem Asphalt. Dann bin ich zum Automaten gegangen und habe mir eine Fahrkarte zum Bahnhof Dammtor gekauft. Die Kamera über mir gab es früher noch nicht.

Ein paar Mal habe ich versucht, Rainer einen Brief zu schreiben. Schon die Anrede fiel mir schwer. ›Lieber‹, das ist so bedeutsam, so nah.

Ich versuchte es anders:

›Rainer, wie du sicher gemerkt hast, gibt es etwas, was ich dir nicht erzählen ...‹

›Hallo Rainer, du hast dich sicher gewundert …‹

Oder doch so:

›Lieber Rainer, es tut mir so furchtbar Leid …‹

Oder:

›Lieber Rainer, ich hatte dir doch versprochen, dass ich …‹

Ich habe keinen der Briefe zu Ende geschrieben, aber ich habe Rainer meine Geschichte geschickt. Ich bin dazu in eine andere Stadt gefahren und habe den dicken Brief in einen Briefkasten geschoben. Ohne Absender. Rainer wird alles wissen, aber wir werden uns nicht wieder sehen. Ich hoffe, er wird mich verstehen.

Meine Taten sind verjährt. Ich habe nichts mehr zu befürchten. Und wenn man mich fragen sollte, wer damals noch dabei war, werde ich mich nicht mehr erinnern. Jan und Michi, die Namen werde ich noch wissen, doch das wird niemandem weiterhelfen.

Noch am selben Tag bin ich zum alten Friedhof gefahren. Es war schwül. Als ich durch das Tor ging, türmten sich blauschwarze Wolken über den Bäumen, darunter das Grün der Blätter noch leuchtend im Sonnenlicht. Ich fand den Weg nicht mehr, lief aufs Geratewohl vorbei an verwitterten Mausoleen mit dem Modergeruch alter Grüfte und vorbei an Tempelchen, in denen die Reichen der Stadt beerdigt lagen. Hier war ich noch nie gewesen und das sanfte Mädchen an der Friedhofsmauer kannte ich noch nicht. Es ruhte, bedeckt mit einem Laken aus Stein, auf einem steinernen Bett, auf steinernen Kissen, und das Buch war aus seiner Hand geglitten, als wäre es beim Lesen entschlafen. Ich ging weiter durch das Labyrinth der Gräber, bis ich endlich zum Weiher kam. Hier irgendwo musste Madeleines Grab sein. Es war finster geworden wie am Abend, kein Vogel flog und die Natur war erstarrt, bis die ersten schweren Tropfen fielen, der Sturm losbrach, der den nun prasselnden Regen peitschte, dazu ein Heulen in den Bäumen, ein Ächzen und Röcheln, ein Seufzen, wie ein schauriger Chor der Verstorbenen. Die Wege wurden zu Bächen, hoch spritzendes Wasser auf den Grabsteinen, abgerissene Zweige, Fetzen von Blättern am Boden, ein fliegender Engel hoch über der Landschaft, das Kind in seinem Arm geborgen unter den riesigen Schwingen aus Stein, der einzige trockene Platz im strömenden Regen. Dann ein greller Blitz, im selben Augenblick das Krachen des Donners, ein kalter Wind und immer noch heftiger das Rauschen des Regens. Ich lief weiter und suchte vergeblich Schutz im Dickicht der alten Rhododendren, bis plötzlich der steinerne Engel vor mir stand. Madeleines Grab. Ich sah das Grabmal schräg von hinten und halb verdeckt von den Zweigen.

Dann das Unbegreifliche:

Die roten Haare!

Madeleines rote Haare!

Sie sind nass und wehen im Wind, ein Feuerschweif aus dem Arm des Engels, eine furchtbare Erscheinung, es sind Madeleines Haare, der rote Wasserfall ist zerzaust im Sturm. Es muss eine Täuschung sein, ein unerklärliches Lichterspiel im Regen, das gleich wieder verschwindet. Aber da sind sie wieder, tiefer jetzt, Madeleines Haare über ihrem Grab, ein Phantom, nein, ein Frauenkopf, ich sehe den Scheitel, der sich bückt zum Grab, eine Hand mit Blumen, leuchtend wie das Haar. Die roten Strähnen streifen den nassen Grabstein, danach steht der Engel wieder reglos wie immer, dunkel in der Nässe, nichts als ein verwitterter, toter Sandstein in Sturm und Regen. Der Feuerschweif ist verloschen. Ich stehe hinter dem Grabmal, erstarrt in den Regenfluten, zutiefst erschüttert und noch immer fassungslos. Madeleine mit Blumen für ihr eigenes Grab, ihr nasses Haar wehend aus dem Schoß des Engels!

Dann Schritte auf dem Kies, sie kommt auf mich zu. Ich weiche zurück, aber sie hat mich erkannt, sie ist überrascht, mich hier zu treffen.

Dann sage ich es, obwohl sie mich nicht fragt. Noch ist es kein Geständnis, eine Feststellung nur, die nichts verrät, noch nicht. Aber es ist ein Anfang.

»Ich habe deine Mutter gekannt.«

Sarah ist irritiert, scheint mir nicht zu glauben: »Warum sagst du das erst jetzt?« Doch dann glaubt sie mir doch – ich hätte es erst jetzt erfahren, sage ich – und ich spreche von unserer Schulzeit. Ich bin ganz ruhig, aber ich merke, ich kann nicht mehr lange ruhig bleiben. Mein Herz schlägt immer heftiger. Sarah fragt nicht nach und der Regen trennt uns. Beim Abschied lächelt sie noch einmal mit gekräuselter Oberlippe, wie ihre Mutter. Dann stehe ich allein an Madeleines Grab. Die Rhododendren sind verblüht, nur nasse, braune Lappen statt der Blüten in weiß und lila, aber vor dem Engel stehen Lilien in der Vase, nicht die weißen Beerdigungsblumen, sondern Türkenbund in einem fröhlichen Orange und der Regen hat ihm nichts anhaben können. Ich gehe noch nicht zum Ausgang, sondern folge dem verschlungenen Pfad zwischen den hohen Büschen. Am Seerosenweiher drehe ich mich noch einmal um. Sarah ist am anderen Ufer stehen geblieben und sieht zu mir herüber. Sie winkt mir zu, ehe sie weitergeht, dem Ausgang zu, ohne Schirm im Regen. Ich sehe ihr rotes Haar, das jetzt dunkel ist, bis es verschwindet hinter einem verfallenen Mausoleum. Dann stehe ich auf der schmalen Holzbrücke, nass bis auf die Haut. Es ist alles, wie es früher war: die Karpfen und Goldfische im Wasser, die ich hier als Kind gefüttert habe, die gelben Schwertlilien, das Schilf, die Seerosen, die Wasserminze, die ich so gern gerochen habe, und der braune Morast am Ufer, der zwischen meinen nackten Zehen quoll.

Vielleicht bin ich eine andere geworden.